冒険者酒場の料理人
黒留ハガネ
Hagane Kurodome
イラスト 転
kururi

食べられるようにするのが俺の仕事だ
ウカノ、俺の生きざまを見よ！

それ糞桃って
いうんだよ
食べちゃだめって
冒険者言ってた

ありがとう、
おとうさん

酒場の常連客
ユグドラ
酒場の常連客
アカルナニア
酒場の常連客
セフィ

Adventurer's Tavern Cook

# CHARACTER

Adventurer's Tavern Cook

# Contents 目次



Adventurer's Tavern Cook

冒険者酒場の料理人
Adventurer's Cook
Hagane Kurodome
黒留ハガネ
kururi
イラスト 転

# 冒険者酒場の料理人

# 一品目　石《いし》胡《くる》桃《み》

ある日突然《とつぜん》この世界にやってきた俺《おれ》を拾ってくれたのは、酒場の爺《じい》さんだった。

爺さんは酒場の客である荒くれ冒険者たちを大人しくさせる腕っぷしと、俺みたいな可愛《かわい》くない若造にこの世界の言葉を辛抱強く教え込む優しさがあった。

でも料理の腕は無かった。

俺は酔っ払った荒くれ冒険者に絡《から》まれてボコボコにされる腕っぷしと、美食大国日本で培《つちか》った料理知識があったから、お互い欠点を補い合っていたんだと思いたい。

この世界の食事事情は貧相《ひんそう》だ、と最初の頃は感じたけれど、日本が食にこだわり過ぎだったのかも知れない。

世界の多くの労働者にとって食事は腹を満たすものであって、楽しむものじゃない。

パンと水、肉、そして少しの野菜があればそれでいい。あとは酒。

毎日代わり映《ば》えのしない食事でも気にしない。毎日同じベッドで寝るのを気にしないのと同じだ。

この世界の人間は、爺さんと俺の酒場にやってくる人間は、酒が飲めて腹いっぱいになればそれでいい人種だった。

でも俺は魔法を使ったり超人的な剣技を振るったりできる自由な冒険者にちょっとした憧《あこが》れと敬意を抱いていたから、お節介《せっかい》ながらもっと旨《うま》い飯を食わせてやりたいと思った。

本人たちは気にしてないみたいだけど、俺が気になるのだ。

飯ってな、旨いんだぜ？　人生を豊かにしてくれる素晴《すば》らしいスパイスだ。

ところが困った事に、繰り返すがこの世界の食事事情は貧相だ。

流通する食材の種類がそもそも乏《とぼ》しい。

食材が無いから毎日毎日同じような一辺倒メニューで満足するしかないのか、それとも同じメニューで満足できるから食材の種類も減っていったのか。

卵が先かニワトリが先か、とにかく現状の食卓は寂《さび》しい限り。

例えばカレーのおいしさを伝えようとしても、必要な食材がそもそも手に入らないのだ。

なんとか入荷できる油や蜂蜜《はちみつ》だって高いのなんの、とてもじゃないが大衆酒場で出せるようなモンじゃない。

それでも俺はパンの焼き加減や水加減、スープの煮込み時間、塩気など、工夫できる範囲で徹底的に工夫した。

おかげでウチの酒場は街の冒険者の間で評判が良くなった。

あの店は最高の料理を出す、なーんて言う常連もいるぐらいだ。

褒《ほ》められるのは嬉《うれ》しいけどモニョモニョする。

いや、料理ってのはまだまだこんなもんじゃないんだぜ？

この程度の料理で最高評価出したら本物の最高の料理を食べた時に舌がぶったまげて壊れちまうよ。

もやもやは消えない。

でも俺にできる料理の工夫なんてたかが知れている。

素人《しろうと》が素人なりに頑張《がんば》って工夫しましたレベルの料理でやんややんややヨイショされる現状に、俺はまあこんな所が限界なのかな、と諦《あきら》め顔になりつつあった。

爺さんは俺を拾った時はもうけっこうな歳《とし》だったから、別れは早かった。

俺が店をなんとか切り盛りできるぐらいの一人前になった頃、爺さんは安心したようにポックリ逝《い》った。

酒場はヨイシに任せる！　という単純明快な遺言だけを残して。

悲しかったけど、こっちに来てから俺は自分で思っているより人の死に慣れてしまっていたらしい。

酒場に昨日元気な足取りで来た冒険者が、翌日棺桶《かんおけ》に入っているなんてザラだったから。

一晩店を閉めて、泣いて、次の日にはちょっと気遣わしげな冒険者たちに飯を食わせた。

そうして一国一城の主《あるじ》になったある日のことだ。


日も傾きかけ、そろそろ開店準備をしようと掃除用の箒《ほうき》を持って、酒場の前に出た俺は二人の子供に呼び止められた。

「あ、あのぅ……迷宮で拾った物を買い取ってくれるのって、ここですか」

「こ、ここですかっ」

見ればそこには全身をピーンと伸ばして緊張した少年と、少年よりもさらにガチガチに緊張した少女がいた。

いかにも田舎《いなか》から出て来たばかりという荒っぽい作りの古ぼけた服を着て、小さな麻袋を大事そうに握りしめ俺を見上げている。

俺は思わず微笑《ほほえ》んだ。これはまた可愛らしい新人冒険者が来たもんだ。

この街には迷宮がある。冒険者たちは迷宮に潜り、いろんな物を拾ってきて、売る。

そして手に入れた金をウチの酒場に落としていってくれるワケだ。

冒険者はだいたい農村の口減らしで追い出された三男四男とか、逃げ出した犯罪者とか、普通の働き口に馴染《なじ》めない社会不適合者、暴力が好きな荒くれものと相場が決まっている。

没落貴族や破産した商人みたいな連中もいるが、だいたいは礼儀か腕っぷしのどちらかがない。常識がない奴《やつ》もいる。

迷宮の品を買い取ってほしいと言うのだから、冒険者だ。服装が一般人だから、新人だ。

だが初対面でまず礼儀正しく物事を尋ねられるこの少年少女には見どころがあった。

答え方も優しくなるというもの。

「ああ、買い取ってるよ。何を拾ってきた？　見せてみ」

本当は買い取りなんてやっていない。

でも初めての冒険で手に入れた宝物を突っぱねるなんてできなかった。

臨時買い取りキャンペーン開催だ。

少年少女はホッとした様子で顔を見合わせ、麻袋の中身をいそいそと見せてくれた。初々《ういうい》しい。

が、笑顔が続いたのはそこまでだ。麻袋の中身を見て困ってしまう。

入っていたのは石胡桃《いしくるみ》が十数個。それだけだった。

石胡桃はその名の通り、石のように堅いクルミだ。

迷宮上層のどこにでも落ちていて、誰《だれ》でも拾える。

あんまり堅くて入手が簡単だから、冒険者はスリングショットの弾に使っていると聞く。

そしてクルミとは言うものの食用ではない。

まずクソ堅い殻を割るのが一苦労《ひとくろう》。

俺は以前このクルミをなんとか食用にできないかという実験のために金物屋に頼んで専用のクルミ割り機をこしらえてもらったぐらいだ。

で、頑張って割っても中身は苦《にが》くて食えたもんじゃない。終わってるよ、このクルミ。

要約すると石胡桃の価値は道端の石ころと同じだ。

君たち、石ころ拾ってきちゃったんだ？　新人冒険者だもんね、何も分かんないもんね。

しゃーないよ。しゃーない。

でも石ころを買い取るのは……ちょっと……ねぇ……

「これ、このクルミ、全部でいくらぐらいになりますか？」

「これ売ったらパンふたつ……ひとつぐらいは買えますか？」

袋の中身に黙り込んだ俺を見て何か察したらしい。

少年は不安そうに聞いてきた。少女の方などはすっかり弱気になってしまっている。

やべっ。こんなゴミ買い取れるかよ、って突き返したら泣かせちまうかも。

態度の悪い冒険者が横柄に持ち掛けてきた取引なら中指を突き立てて追い返すところだが、相手は何も知らない新人冒険者。しかも礼儀正しい子供。

そして俺は大人だ。

俺は営業スマイルを作って答えた。

「ウチは酒場だからね、おつまみ用のクルミがちょうど欲しかったんだ。持ってきてくれて助かるよ。待ってな、代金持ってくる」

俺は店から銅貨三枚とパン二個を持ってきて、石胡桃と交換で少年少女にあげた。

二人は小銭とパンを握りしめ、見ているこっちが嬉しくなるぐらい飛び跳ねて喜んだ。

「やったっ！　売れた！　売れたよ！」

「だから私言ったでしょ？　クルミは食べ物なんだから売れないはずないって！」

「あの、ありがとうございます！　僕たち今日街に来たばっかりで、何も分かんなくって」

「ありがとうございます、店員さん！」

何度もお礼を言う少年少女に銅貨三枚でも屋根を貸してくれる宿屋の場所を教える。

二人は「僕たち、この街でもやっていけそう！」「やったね！」という明るい顔をして俺に手を振り、雑踏に消えていった。

かわいいなあ。

俺があれぐらいの歳、十四、五歳の時はもっとクソ生意気《なまいき》だったぞ。

洗濯物畳んで手間賃千円とか母さんにせびって父さんに説教されてた。

ほっこりと新人冒険者を見送った俺は、気持ちを切り替え開店準備に取り掛かった。

さあて、新作の塩気強めパンの評判はどんなもんだろなっと。

それから数日が経《た》った。

この街は迷宮を中心に成り立つ迷宮都市で、冒険者の街とも呼ばれる。

迷宮の魔性の影響で土地が痩《や》せ農業こそ未発達だが、冒険者が迷宮に潜り採ってくる資源のおかげで経済は潤《うるお》っている。

街の真ん中に地下へ続く迷宮の入口があり、そこを横切るように大通りが延びていて、朝から晩まで冒険者が行き来する。

街の主要な店は全部大通り沿いだ。

冒険者ギルド、土地を治める貴族様のお屋敷、魔道具屋、家具屋、金貸し、貸本、魔法代行、宿屋、代筆屋、医者、魔織り、私塾、パン屋、金物屋、劇場広場、石工、錬金術店などなど挙げればキリがない。

大通りを端から端まで練り歩けば産婆から墓場までだいたいの用事は事足りる。

ウチの酒場も大通り沿いにあり、街の主役である冒険者たちのおこぼれに与《あずか》らせて頂いている。

この街で冒険者を相手にしない店なんて無いしな。

そんなワケで、今日も今日とて冒険者相手に商売だ。

いつものように店を開け、冒険帰りの荒くれ無頼漢《ぶらいかん》どもを呼び入れる。

酒場にはたちまちムワッとした汗臭さと泥《どろ》臭さが満ち、しかしすぐに焼けた肉と酒精の香りで上書きされた。

冒険でたっぷり汗をかいた後は塩気が欲しかろうと考えて出した塩パンはまずまずの売れ行きで、食事の合間に塩飴《しおあめ》を噛《か》み砕《くだ》いていた冒険者の多くがパンに鞍替《くらが》えした。

塩加減と火加減がちゃんとしていればだいたいどんな料理もおいしくなるからな。

やはり細かい調整はいくらしてもし過ぎる事はない、と一人で頷《うなず》いていると、酒場の扉が開き巨漢冒険者が天井《てんじょう》に頭をぶつけないよう軽くかがんでのっそり入ってきた。

その両手には見覚えのある少年少女が首根っこを掴《つか》まれた猫のようにぶら下がっている。

あ、あの二人は石胡桃を売りに来た……！

……誰だっけ？　そういや名前聞いてなかった。

「ヨイシ。このガキども店の前でウロついてやがった。どうしてやろうか」

「ひ、ひぃぃ……」

「たすけてたすけてたすけて……」

野太くドスの利いた低い声を頭上に浴び、二人は冷や汗を流してぎゅっと目を瞑《つぶ》り震えてしまっている。

かわいそうに。

俺は腰に手を当て巨体を見上げ叱《しか》った。

「あのな、親切でやってるのは分かるけどお前ほんとに言葉遣い気を付けろ？『この冒険者が店の前で困ってた。店の中に入れてやったけどこの後どうしたらいい？』って言え。お前の言い方だとぶっ殺そうとしてるようにしか聞こえねぇぞ。あと下ろしてやれ。怖がってるだろ」

「うるせぇ説教すんな」

巨漢は不機嫌に唸《うな》り声を上げ、しかしそーっと二人を床に転がし、それからドスドス足を踏み鳴らして真ん中のテーブルでジョッキを振り上げ呼んでいる冒険者仲間に合流した。

ガラわるっ！　でも性根は悪くない。

まあ性根まで悪い冒険者は出禁にしてるからそりゃそうなんだけど。

「大丈夫か？　すまんな、ウチの客はあんなのばっかりなんだよ」

二人は店で馬鹿騒《ばかさわ》ぎする冒険者たちに気圧《けお》され縮こまっていたが、少年は自分の頬《ほお》を叩《たた》いて気合を入れ、少女は杖《つえ》をぎゅっと握りしめ、俺が差し伸べた手を借りず自分で立ち上がった。

おお、良い気概だ。そうだよな、冒険者だもんな。いつまでもヨチヨチ歩きじゃいられない。

感心していると、二人は不安そうに周りを見回してから意を決した様子で話しかけてきた。

「えっと、僕、何日か前にあなたに石胡桃を買い取ってもらった冒険者なんですけど」

「ちょ、ちょっとお話がありましてっ」

二人はまだ緊張していて表情が硬かったが、前とは見違えていた。

田舎のお上りさんそのものだった数日前と違い、少年は革の胸当てをつけ粗削《あらけず》りの木のこん棒を腰に吊《つ》り下げている。

少女の方は少年とお揃《そろ》いの胸当てに、手作り感あふれる魔石も嵌《は》まっていない魔法の杖だ。

駆け出し冒険者って感じだな。

今日は飯でも食いに来たのかと思ったが違うらしい。話とはなんぞや。

「ああ、話なら聞くよ。あれからどうだ？　元気してる？」

「元気、はい。元気です。あっ名乗らなくてごめんなさい、僕はユグドラ、冒険者になったばかりです！　こっちはセフィ、やっぱり冒険者になったばかりです」

「どうも。ユグドラとセフィね。俺はヨイシ、この酒場の店主だ」

「店主さんだったんですか？　すみません、お若いので店員さんかと。ヨイシさん、あの、ありがとうございます。あの時買い取りと紹介をしてもらったおかげで宿にも泊まれてて、あ、いやそうじゃなくて」

「今日は謝りに来たんです」

「謝りに来た？　何を？」

セフィはユグドラを肘で軽く小突いて用件を切り出した。

謝ると言われても思い当たる節がない。俺、この子たちになんかされたっけ？

首を傾《かし》げる俺に、ユグドラは言いにくそうに言った。

「えっと、ゴミを売りつけてしまったので……」

「ごめんなさい」

セフィがぺこりと頭を下げ、ユグドラもそれに続いた。

あーね。石胡桃の相場、というか石胡桃がゴミだって知ってしまったのか。

そりゃ冒険者やってれば気付くわな。

それでわざわざ謝りに来たのは偉い。律儀だ。

冒険者なんてゴミを高値で売りつけたら「儲《もう》けた儲けた」って笑う奴ばっかりだぞ。

おじさん心洗われるよ。エエ子たちやでホンマ。

「大丈夫大丈夫。あれでも使い道はあるモンだよ」

「でも、石胡桃は石コロと同じだって宿の人が」

「とにかく気にしてないから」

騙《だま》されたなんて欠片《かけら》も思っちゃいない。

俺は穏やかな心で答えたが、ユグドラ少年とセフィ少女は冒険者としてやっていくには心配なぐらい心根が清かった。

自分が酷《ひど》い悪さをしてしまった罪人であるかのように精一杯の誠意を示してくる。

「今は何もお返しできませんけど、立派な冒険者になって恩返しします！」

「パン二十個と、銅貨三十枚にしてお返しします！」

お、十倍返しの掛け算を計算できるとはセフィは見どころあるな。魔法使い向いてそう。

「いやいいよ、運が良かったたって思っときな」

「そういうわけには……」

「んー、じゃあそうだな。どうしても恩返しがしたいんだったらなんか食ってってくれよ。んで出世払いしてくれ」

「ええっ？　そんな、そこまでお世話になれません！」

セフィは首をぶんぶん横に振ったが、隣のユグドラの腹の虫が折り合い悪く鳴き二人揃って顔を赤くする。

思わず笑ってしまった。やっぱり食ってけ！

「いや、これは将来の有名冒険者に恩を売っておこうっていう浅ましい魂胆《こんたん》だよ。それともなんだ？　酒場に来て何も食わずに帰るのか？　冷やかしかよ」

俺が軽口を叩くと二人は返事に窮し、周りの客の真似《まね》をしておずおずカウンター席に座った。

「よし。で、何がいい？　メニュー読めるか？」

「メニューってなんですか？」

「そこの厚紙に料理の名前と値段が書いてあるだろ。それだ」

「あっ、目の前にあった……私は読めます。けど」

「僕は数字だけ。文字は勉強中で」

「そこに書いてある料理の中で食べたいのがあれば言ってくれ。そしたら俺が料理して出してやる」

「わ、分かりました。セフィ、どうする？」

「待って今考えてる」

二人はメニューを真ん中に置いて顔を突き合わせひそひそ相談し、時折他の客の様子を窺《うかが》った。

もしかして酒場に、というか料理屋に来るの初めてか？　右も左も分かっていない様子だ。

田舎出身の冒険者だとたまにこういう感じの奴いるんだよな。

大抵は先輩冒険者かパーティー仲間に引率され教えてもらうのだが、二人は先生に恵まれなかったらしい。

「特に希望無いなら俺のオススメでどうだ」

どう見ても料理を選ぶ楽しさより緊張が勝ってしまっている様子なので助け船を出すと、二人は一も二もなく頷いた。

ごめんな困らせて。最初からオススメ出せば良かった。

初来店の二人の好みは分からないので、手堅く肉とスープとパン、エールビールを出す（この国に飲酒年齢制限はない）。

付け合わせの酢漬け野菜は一番クセの無い葉物だ。

「遠慮するな、食え」

「じゃ、じゃあお言葉に甘えて」

「実はお腹《なか》減ってたんです」

俺が促《うなが》すと、セフィは遠慮がちに、ユグドラは我慢《がまん》の限界といった様子でパンを手に取った。

「あれ？　このパンなんだかふにゃふにゃしてる……？」

「セフィセフィ！　見てこれ、このパン手で千切《ちぎ》れる！」

「えーっ⁉　パン切りナイフ要らないの⁉」

食べる前から二人は大騒ぎを始めた。

で、出た〜。上京冒険者あるある！

田舎ではいっぱい作っても税のかからない黒麦で焼いた黒パンが主食だという。

黒パンは石のように硬く味気ない事で悪名高く、都会のパンに初めて遭遇した田舎者はみんなユグドラとセフィにみたいになるのだ。

ウチのパンは別にふわふわモチモチってほどじゃないが、歯が欠けるほど硬くもない。たらふく食えッ！

「あぐぐ……やっぱり。これふやかさなくても噛み切れるよ！」

「そうなの？　そんなに？　まぐぐ……⁉　うわーっ、これ、こんな、都会ってすごいね⁉」

「パンでそんな驚いてたら肉食った時死ぬぞ」

おおげさに驚いて夢中でパンを食べ始めた二人はなんとも初々しい。

オーバーリアクションに呆《あき》れはするが、それ以上に嬉しい。

こんな旨そうに食ってくれると作り甲斐《がい》があるってもんよ。

食べ始めると緊張は吹き飛んだようで、新人冒険者は初めての酒場をたっぷり堪能した。

スープに千切ったパンを浮かべて汁を吸わせて食べたり、葉野菜に肉を包んで食べたり、二人は知識なのか直感なのか実に旨そうな食べ方をしてくれた。見ていて気持ちが良い。

ちなみに肉を食っても死ななかった。口に詰め込みすぎて喉《のど》詰まらせてたけど。

腹を丸くした二人は何度も何度も礼を言い、大真面目《まじめ》に宣誓までして必ずツケを返すと誓い帰っていった。

またのご来店をお待ちしています。これで常連になってくんねーかな。

いやー、素直に応援したくなるいい子たちだった。ありゃあ良い冒険者になる。

山ほど冒険者を見てきた俺の勘がそう言っている。でもちょっと気にしぃだ。

石胡桃が本当に価値のある売り物だったらあの二人も胸張ってただろうけど、マジでゴミだもんな。

煮ても焼いても食えない。煮たり焼いたりしてみたから分かる。

前に石胡桃を食べられないか研究した時に突き止めたのだが、石胡桃の馬鹿《ばか》みたいな苦さの原因は種にくっついている小さな袋だ。

殻を割ると衝撃で苦み成分がたっぷり詰まった薄い袋が破裂して、種（加食部）を苦くしてしまうワケだ。

殻を割ると絶対に袋が破れる。

さらに石胡桃は種の形が全部一緒なのに、嫌がらせのように苦み袋の位置だけは個体差があって全《すべ》て違う。

苦み袋だけ狙《ねら》って取り除く方法を開発できず、俺は石胡桃食用計画を諦めている。

苦くなければ旨いと思うんだけどなあ、石胡桃。

ウチの酒場は仕入れルートが貧弱だから、酒のつまみは硬くて塩辛い干し肉と酢漬け野菜の二択だ。

まあどこの酒場も似たようなもんだから、特別ウチのメニューが悪いわけでもないんだけど。

もし石胡桃が食えれば旨いメニューが一品増える。素晴らしい事だ。

久しぶりにもう一度石胡桃を食えないか色々試してみようかな。

二人から買い取った石胡桃はまだ捨てていない。はず。

袋に入れたまま厨房《ちゅうぼう》の棚にポンと置いてそのまま忘れていた。

塩加減と火加減で無難に料理のクオリティーを上げるのにも限界を感じていたところだ。

ここらで冒険してみるのも悪くない。


さて。


二人が帰った後もしばらく冒険者たちの夜宴は続いた。

やがて客がハケてきたらゲロの掃除をして、酔い潰《つぶ》れて寝てしまった常連をなんとか宿まで担《かつ》いで届け、真夜中過ぎに帳簿を付けて本日も店じまいと相成る。

いつもなら湯に浸《つ》けて絞ったタオルで身体《からだ》を拭《ふ》いてベッドに飛び込むところだが、今日は石胡桃の加工について試したい事があった。

ユグドラとセフィがパンをスープに浮かべているのを見て思いついたのだ。

石胡桃はランダムな位置に苦み袋を持っている。

苦み袋の位置が違うと重心が変わる。

重心が変わると水に浮く時に向きが変わるだろう。

水に浮いた時の向きを手がかりにすれば、叩き割って中身を見なくても苦み袋の位置が分かるのでは？

コップの中に水を注《そそ》ぎ、石胡桃を一つ投入する。

すると、石胡桃はくるくるっと回転して浮かんできた。

ナイフで殻に印をつけて一度水から引き上げ、再投入する。

二度目も石胡桃は全く同じ向きで浮かび上がった。

むむっ、これは。もしかしたらいける？

俺は十数個の石胡桃を何度も沈めては浮かべ、比較し、割って中身を確かめ、失敗した。

しかし空が白んできた時、ついに成功した。

まず、石胡桃を水に入れる。

一度沈んだ石胡桃はくるりと回転しながら浮き上がる。

水面に顔を出した石胡桃の向きをズラさないよう指でつまんで固定し、殻のつなぎ目に真上から垂直に注射針を刺し込む（意外にもこの世界には注射器が普及している。医者はポーションの皮下注射をするのだそうだ）。

すると鋭い針が苦み袋に入るぷちっとした感触がする。そこで素早く苦み汁を吸い上げるのだ。

注射器の中に濁《にご》った汁が入ったのが確認できればＯＫ！

あとは殻を割って、苦み袋の残骸をちょいっと取り除くだけでいい。

クルミ割り機で割って取り出した石胡桃をひと齧《かじ》りしてみるが、しっとり柔らかく苦みなど欠片もない。

こりゃ旨い！　炒《い》らなくてもこの味、素晴らしい。

現金なもので、今まで石コロにしか見えなかった籠《かご》の中のクルミの山が急に贅沢《ぜいたく》な晩酌《ばんしゃく》のお供に見えてきた。

これが魚とか肉、野菜だと長期保存できないから売れないと廃棄《はいき》するハメになる。

しかしクルミは火を入れれば数カ月ぐらい余裕でもつ。腐《くさ》って廃棄はない。

さらに、石胡桃を食べられるように加工する方法を知っているのは加工法を開発した俺だけ。

競合相手いません。独占販売できる。つよい。

さらにさらに、生ですら食感良し味良し。酒飲みなら誰もが欲しがる最高のツマミだ。

試しに十個ほど石胡桃を割り、フライパンで軽くローストしてみる。

熱せられた鉄の上でカラカラと楽しげに軽い音を立てる石胡桃は、間もなく香ばしいナッツの香りを漂わせ始めた。

決して強くはない控え目な香りをいっぱいに吸い込めば、それだけで腹まで味が届いたと錯覚するほど全身に優しく染みわたる。

生でも旨かったが、ローストすると香りと食感が一層引き立つ。酒のツマミにぴったりだ。

これを売れなかったらそいつは店を畳んだ方がいい。

うおおお、テンション上がってきた！

この世界に食べる楽しさを広めるのは諦めかけていたが、視野が狭かった。

迷宮に食える食材なんて無いと思っていたが、違った。

ちゃんと加工さえすれば、迷宮はきっと素晴らしい美味の宝庫なのだ。

石胡桃は最高の食材じゃない。だが俺は最高の調理を成し遂げた。


俺はつまみ食いの衝動に耐えながら一掴みの石胡桃を割ってローストし、徹夜明けのハイテンションのまま全ての切っ掛けをくれた二人が泊まる宿に突撃した。

まだ日が昇ったばかりの早朝、迷宮に行こうとしていたユグドラとセフィに宿屋の前で出くわす。

俺は突然の訪問にびっくりする二人に興奮してまくし立てた。

「ユグドラ！　セフィ！　ありがとう！　大発見だ！　見つけたんだよ二人のおかげで！　石胡桃が食えるんだ。これで酒場でクルミを出せる。酒のためのツマミじゃなくてツマミのための酒になるぐらい旨いぞこれは！」

「ぁえ？　えーと、おめでとうございます？」

「ヨイシさんが石胡桃を食べられるようにする方法を見つけたって事ですか？」

面食らったユグドラと反対に、セフィは感心した様子で冷静に話をまとめてくれた。

俺は深く頷く。

「そうなんだよ！　正直諦めてた。でもまたやってみようって気になって、考えて、やってみたらできちまったんだ。びっくりだよ！　それでこれは、」

俺は二人にできたてのロースト石胡桃の小袋を押し付けた。

「冒険中、小腹空《す》いた時にでも食べてくれ。知ってるぜ、冒険者は冒険中に水と馬鹿みてーに硬いパンと塩っからいカチカチの干し肉しか食べらんないんだろ？　旨いもの食べて英気を養ってくれや」

「わぁ……いい香り！　ありがとうございます、こんな素敵なもの！　本当にヨイシさんにはもらってばかりで。えっと、ユグ、ユグは何かお返しするもの持って……？」

「えっ、えーと、この棍棒《こんぼう》なら」

「それはお前の武器だろ、とっとけ！　別に気にしなくても……いや。そうだな、そんならまた石胡桃を持ってきてくれよ。買い取るからさ。俺は冒険者に旨い飯を作る。冒険者は迷宮に潜って、俺に飯のタネを持ってくる。ほら、対等な関係だろ？」

俺が提案すると、二人は嬉しそうに頷いた。

俺は弱い。残念ながら。

迷宮上層の入口も入口すら、俺には死地なのだ。

酒場の料理人は冒険に行けない。でも料理はできる。

冒険者は料理ができない。でも冒険に行ける。

俺は心からの応援を込めて二人を冒険に送り出した。

「さあ行け、冒険者！」

## 迷宮食材名鑑 No.1

# 石胡桃《いしくるみ》

迷宮上層のどこでも採れるクルミ。石のように堅い。地面にゴロゴロ転がっていて、冒険者はスリングの弾に利用する。

そのままでは苦く食べられないが、ヨイシの酒場に持って行くとナッツに加工してくれる他、買い取りもしてくれる。値段は安いが、ポケットの空きに石胡桃を詰め込んで帰還し売り払えば序盤の良い収入源になる。

ナッツは香ばしく、どこか懐かしさのあるホッとする味で酒のツマミにぴったり。

ヨイシの迷宮料理は冒険中「女神の涙」以外で疲労値を回復する唯一の手段である。

冒険出発前に「クルミ持った?」の確認を忘れないようにしよう。

# 二品目　骨《ほね》魚《ざかな》

日が落ちて、夕食時。

今日も冒険者の街の夜は賑《にぎ》やかだ。酒場は特に。

「ヨイシ！　うまクルミ追加！」

「あいよー」

「てんちょー！　クルミ三人分！　ぜぇーんぶ一人で食べるから！」

「はいよ、皿は一つでいいな」

「ちょっと、このうまクルミなんで六つしかないわけ？　他の皿のは七つ入ってるじゃん！」

「うるせーな文句《もんく》言う前にツケ払え」

新メニューの石胡桃《いしくるみ》は売れ行き絶好調で、どれだけ作っても作ったそばから売り切れる始末だった。

酒場の売り上げも右肩上がりのうなぎ上り。

ついつい金物屋に業務用圧力鍋《なべ》を発注してしまったぐらいだ。

ただ、石胡桃は苦《にが》くて不味《まず》い、という先入観のせいか、冒険者はどうにもウチの店で出している
クルミと石胡桃が別物だと勘違いしている節がある。

俺《おれ》が何度石胡桃だと言っても「あのうまいクルミくれ」「苦くないクルミ食わせろ」「うまいのくれ」「クルミ食べるぞ」「うまクルミ出せ」と言うので、すっかり品名が「うまクルミ」で定着してしまった。

もしくは単に「クルミ」。酒場のメニューみたいだ。酒場のメニューーか。

うまクルミの評判は瞬《またた》く間に街中に広まった。

石礫《つぶて》ぐらいにしか使い道が無かった石胡桃が文字通り飯のタネになると分かるや、他の酒場や料理屋はこぞって真似《まね》し始める。

ところが真似しようとした他の店は軒並み悪評を呼び込んだ。

クソ苦いじゃねーか！　金返せ！　の嵐《あらし》である。

苦み袋の取り除き方が分からないのだ。

道具があってやり方知ってれば誰《だれ》でもできるんだけどね。

そんなワケで、今のところ石胡桃を買い取り、ちゃんと加工販売できている店はウチだけだ。

石胡桃を拾う冒険者もそのへんを心得てウチに卸しに来る。

右手で石胡桃を割りながら左手で焼き網の上の串肉を焦《こ》がさないようにひっくり返していると、新たに来店した冒険者がカウンター席にやってきた。

俺が顔を上げると、くっせぇボロ袋が目の前に突き出される。

「ここ買い取りやってんだろ？　持ってきた。買ってくれや」

「石胡桃か？　石胡桃なら中身を見て個数を確認してから、」

「うるせぇなごちゃごちゃと。売るっつってるだろが。買うだろ？　いくらだ？　早くしろよ。もたもたすんな」

冒険者は泥《どろ》で汚れたボロ袋をカウンターに乱暴に投げ、腕組みをしてイライラと足先で床を叩《たた》く。

ひぇーっ、ヤバい冒険者来ちゃった。初めてのご来店、そして会話できないタイプだ。

こういう手合いはさっさと金渡して帰ってもらうに限る。くわばらくわばら。

「分かった、用意するからちょっと待っ」

「おう、また石胡桃持ってきてやったぞ！　良い値つけてくれよ！」

俺が臭う袋を指でつまんで持ちいったん奥に下がろうとすると、ヤバい冒険者を押しのけて別のヤバい冒険者が横入りしてきた。

そして我が物顔でカウンターに石胡桃を詰め込んだ籠《かご》を叩きつける。

「おう、買い取りだ！」

おっとー？　こいつは知った顔。

昨日納品に来て、何も注文せず賭《か》け札遊びに乱入して店を荒すだけ荒して帰りやがった迷惑客だ。

「おい、アンタは出禁っつっただろ」

「かてーこと言うなって！　ほら納品だ納品！　客だぞ？」

「客ならなんか注文しろ。昨日はテーブルも雰囲気もぶち壊してトンズラこきやがって。食器もくすねてっただろ。出てけ、出てけ！」

「つめてーなあ、そんなんじゃ客商売なんて……あぁん？　なんだお前」

「おいオッサン。横入りしてんじゃねーぞ」

押しのけられた先客冒険者が青筋を立て出禁野郎の肩を掴《つか》んで凄《すご》んでいる。

掴んだ方は怒っているし、掴まれた方もヘラヘラした態度を一変、一瞬で怒気を発する。

あ、なんか雲行きが。

「人が話してんだろうが。すっこんでろ礼儀を知らんガキが」

「んだとぉ？　殺すぞオッサン」

「おい待てやめろやめろ、喧嘩《けんか》なら外でやってくれ！」

俺は胸倉を掴み合《あ》って一触即発の二人に懇願したが耳に入っていないらしい。

それぞれ手近な椅子《いす》とテーブルを掴んで殴り掛かる構えだ。

冗談じゃねぇ。馬鹿《ばか》野郎、やめろマジで！

椅子一脚、テーブル一台壊れるだけでナンボ赤字出ると思ってんだ？

他の客も口笛吹くな！　見世物じゃないんだぞ！

俺は急いでカウンターからフロアに飛び出し、二人の間に割って入った。

メンチを切っている冒険者を引きはがそうとするもビクともしない。

二頭の熊の間に割り込んだみたいだ。

強すぎない？　なんでこんなチンピラ冒険者が足腰体幹ガッチガチなんだよ。

力じゃどうにもなんねぇ！

俺は丸太みたいな足に女々しくすがりついて頼み込んだ。

「待て、いったん待ってくれ。それ置いて。なっ、頼むよ石胡桃は二人とも買い取るから、ここは俺の顔に免じ」

「っせぇ！　すっこんでろ！」

言葉の途中で出禁野郎に裏拳をもらい、俺は吹っ飛ばされた。床を無様にゴロゴロ転がり、壁にぶつかって止まり悶絶《もんぜつ》する。

がぁあああああ！　いてぇ！　いてぇよ！　なにさらしてくれとんじゃ！　っていうか、

「いってぇええ！　骨折れたぁああ！」

「黙れ騒ぐんじゃねぇ！　そんな簡単に折れるわけ……折れてる⁉」

「おいオッサンよそ見してんじゃ……うわぁ折れてる！　アレで⁉」

殴り合う寸前だった二人は腕が変な感じになっちゃった俺を見て絶句し喧嘩を止《や》めた。

ぐぅぅ……！　久しぶりに骨をやってしまった。

脂汗を垂らしながらあまりの激痛にもがいていると、常連魔法使いが仕方なさそうに寄って来て杖《つえ》を当て治癒魔法をかけてくれる。

あ、あったけぇ。しみる～……

俺が大人しく床に体育座りして魔法使いに腕を差し出し癒《いや》されていると、面白《おもしろ》そうに騒ぎを見ていた常連客たちが好き勝手言い始める。

「おい、店長よぇーんだから喧嘩に巻き込むな！」

「新顔、ヨイシの事は華奢《きゃしゃ》なお嬢様だと思って丁重《ていちょう》に扱え。こいつちょっと小突いたらすぐケガするぞ」

「店長がケガして飯作れなくなったらどーすんだ？　お前ら料理できんのかよ？　むこうでやれや」

「誰かヨイシ巻き込まないように引き離しとけよ。ほら新入りども、殴り合え殴り合え」

「はい治った。治療費は今日のご飯代タダにしてくれたらいいよ。あとヨイシ弱いんだから喧嘩止めるのやめな～？」

「喧嘩はいいけど暴《あば》れて私の皿ぶちまけたらお前らをぶちまけるから。壊すのは椅子とテーブルだけにしな」

椅子とテーブルも壊さないでくれませんかね。タダじゃねぇんだぞ。

あと俺は弱くない。普通だ。普通の人間が冒険者《ゴリラ》に小突かれたら骨ぐらい折れるだろ！

「治療ありがとう。いつも助かる、ツケも半分消しとくな」

「おっ、儲《もう》け～。どんどんケガしていいよ」

「それは勘弁。で、お二人さん。今回だけ石胡桃はまとめて買い取る。だが次はない。いいな？

それから出禁！　……いやお前もだよ、なに自分は関係ありませんみたいな顔してんだ、出禁二度目だぞ」

カウンター裏から銅貨を一掴み持ってきてそれぞれに押し付けると、二人は俺を繊細なガラス細工だとでも思っていそうな顔でそーっと受け取り、他の客の野次を背中に浴びながらそそくさ去っていった。

弱さが厄介客対策になる事あるんだな。そんな対策要らなかった。

腕の調子を確かめながらカウンターに戻り、焦げてしまった肉串を外して新しい串を置く。

そうして一息ついた途端にまた酒場のドアが開いた。

一瞬身構えたが入ってきたのは身も心も汚い無法者ではなく、爽《さわ》やかな少年少女だった。

「ヨイシさんこんばんは！」

「こんばんは、今日も石胡桃持ってきました！　買い取ってほしいです。百個ちょうど数えて詰めてあります。でも一応確認してくださいね？　お忙しければ代金は明日でも全然大丈夫なので」

セフィは袋の口を開けて中身の石胡桃を俺にチラ見せしてから、他の客の邪魔《じゃま》にならないようカウンターの端に丁寧《ていねい》に置いてペコリと頭を下げた。

ユグドラは先客が変な位置に動かしたテーブルと椅子に気付き、ささっと元の場所に戻してから大人しく席についてメニューを開く。

俺はこみ上げる感動に目頭を押さえた。

おお、もう。お前ら大好きだーッ！

「……あの、何かありました？　なんだか泣きそうじゃないですか？　僕で良ければ相談に乗りますよ」

「いや、ユグドラとセフィはほんとに良い子だなと思っただけだ」

「？？？」

二人は顔を見合わせ首を傾《かし》げた。

直前のチンピラとの落差で聖人に見える。冒険者みんなこうであれ。


しかしまあアレだな。

石胡桃の納品先がウチしかないから、普段ウチに来ない冒険者が納品しにきて問題を起こしてるってのは実際ある。

石胡桃加工法を独占して荒稼ぎしても恨み買いそうだし、いいところで加工法を他の店に教えて納品を分散させないと。

加工法教える代わりに情報料せしめれば十分儲けは出るだろ。

石胡桃は迷宮上層に無限に転がってるから、供給不足は起きない。需要だっていくらでもある。

冒険者はみんな酒を飲み、酒飲みはみんなツマミを欲するのだから。

他の店が石胡桃を売りに出したところで、ウチで石胡桃を注文する客は減らない。

何よりおいしい食べ物が世に広まるのは幸福な事だ。俺にとっても、誰にとっても。

そして他の店が石胡桃の提供を始めた時にはもう俺は先に行ってるって寸法だ。

石胡桃が食べられたのなら、他の食べられないとされている迷宮食材もなんとかして食えると思うんだよな。俺が迷宮食材を使った迷宮料理の先駆者になる……！

俺が迷宮食材を使った迷宮料理の先駆者になる……！

迷宮に侵された街はここ以外にもあるから、迷宮素材で料理しようと目論《もくろ》む料理人は迷宮を擁する他の街にもいるはずだ。

しかし俺以外に迷宮料理を作ってみせた料理人の話は聞かない。

つまり俺が迷宮料理の第一人者。

後に続く料理人のためにも道を切り開いていきたい。

というワケでまずは現場の意見を聞こうじゃないか。

ウチは冒険者をメインターゲットにした店なのだから、何をするにも冒険者から話を聞くのが一番。

ここは新進気鋭の冒険者ユグドラ&セフィにインタビューしたい。

俺は新作焼きたてクルミパンの試供品を二人に出しながら尋ねた。

「なああ、迷宮にある物で、これ食べられないけど食べられたらいいな〜って食材無いか？」

「食材ですか？」

リスのように頰《ほお》を膨らませ口いっぱいに詰め込んだクルミパンを飲み込《こ》み少し考えたユグドラは、自信無さそうに答えた。

「つ、土、とか？　土が食べれるなら一生食べ物に困らないし……」

「あのねユグ、ヨイシさんはそういう事言ってるんじゃないと思うよ」

「じゃあセフィは何か思いつくの」

突っ込みを受けてユグドラは口を尖《とが》らせた。セフィは口元に手を当て、考え考え言う。

「そうだなぁ……私たちもまだ上層止まりの冒険者なので、迷宮の食材に詳しくないですけど。泉で泳いでた骨魚《ほねざかな》を捕まえて食べれるのかなって焼いてみて、食べられなくてあーあって思った事はありますね」

「ああ、あったあった！」

「骨魚？　聞いた事あるな。全部骨でできてる魚だろ？」

骨魚は矢尻の材料になるらしい。

武器の材料なのか〜、と思って食べる発想がなかった。

でもそうだよな、骨「魚」だもんな。じゃあ魚か。

魚ならきっと食べられる。食べられるように調理できるか試したい。

「その骨魚ってさ、持って帰ってこれる？」

「持ち帰れると思います。セフィ、前拾った釣り竿《ざお》ってまだ捨ててないよね」

「あるよ。宿の物入れに入れっぱなしのはず……」

「じゃあ何尾か釣ってもってきてくれ。依頼料払うからさ」

「いえそんな、お金なんて――」

「セフィ待って。ヨイシさん、お金は要りません。その代わり、骨魚料理ができたら一番最初に僕たちに食べさせてくれませんか？　それが報酬代わりという事で」

「おっ、美食家だね～！　よしよし、その話で決まりだ。いっちばん最初に一番旨《うま》いの食わせてやるからな、まっとけよ。仕入れ頼んだぞ冒険者！」

「頼まれました！」

「任せて下さい！」

二人は揃《そろ》って力強く頷《うなず》き依頼を受けてくれた。不思議な信頼感があるのは俺のひいき目だろうか。

何にせよ後は納品を待つだけ。

納品まで時間かかるだろうし、その間に骨魚について調べておこう……

「お待たせしました！」

「骨魚、とってきました！」

「早くね？」

依頼した翌日、店を開けた途端にやってきた二人は元気よく骨魚を納品してくれた。

納品された七匹の白い魚は口に紐《ひも》を通し数珠繋《じゅずつな》ぎにまとめられ、大きな葉っぱにくるまれていた。

仕事が早い！　注文翌日配達とか最高かよ。

もっと時間がかかると思ってたからまだ骨魚についてなんも下調べしてないぞ。

「頑張《がんば》りました。セフィが見張ってる間に僕が釣り竿二本持ちしてですね」

「早く納品して悪い事ってないですよね……？」

ユグドラは胸を張り、セフィは不安そうに確認する。

いや助かるよほんとに。

「二人とも良い冒険者になるよ。保証する。いやもうなってるか？」

俺がリップサービス一割で言うと二人は照れてモジモジした。純真〜。

実際のところ、ひいき抜きでユグドラとセフィの成長は目覚ましい。

ここ最近の新人冒険者の中では頭一つ、いや二つか三つは抜けている。

酒代にも苦労する日々はすっかり過去のもの。

最近は毎日晩御飯を食べに通ってくれ、立派な常連の仲間入りを果たしているぐらいだ。

実力に比例するように装《よそお》いも相応になっていた。

ユグドラの主武装はゴブリンからかっぱらったとひと目で分かる錆《さ》びた小剣。

上層冒険にこなれてきた冒険者にありがちなチョイスで、ウチの酒場の客もよく貧乏《びんぼう》性な補助武器として持っている。

ユグドラの錆びた小剣は自分で研ぎ直そうとしたのであろう傷痕が見て取れた。

今度金物屋を紹介してやろう。

防具は芋《いも》っぽい田舎《いなか》服＋胸当てから、古着らしいちょっとサイズの合っていない革鎧《かわよろい》に進化。

丈直ししたようだが、縫製の跡が見えているからプロの仕事ではない。

自分でやったのか、セフィにやってもらったのか。

セフィの方はお洒落《しゃれ》さんだ。

主武装は魔道具屋で投げ売りされている粗悪な魔石の杖。

持ち手に綺麗《きれい》な色合いの布が巻いてある。

丈夫そうな若草色《わかくさいろ》のローブに留められた奇妙な紋様が彫られた金属ブローチはいかにも魔法使いっぽい。

でも俺は魔法に詳しくないからお洒落ブローチなのか魔法的なお守り《タリスマン》なのかの判別はできない。

そろそろ迷宮のイロハぐらいは分かってくる頃って感じの装備だ。

迷宮に潜ってあれこれ拾って帰るだけではなく納品依頼もこなせるようになったし、もう駆け出し卒業かぁ。

早い。これが若さか。

さて。

店を開け、冒険者に酒と飯を売りつけ、喧嘩で壊れた椅子を片して、酔い潰《つぶ》れて寝てしまった常連をなんとか宿まで担《かつ》いで届け、真夜中過ぎに帳簿を付けて本日も店じまいと相成る。

いつもなら廃棄《はいき》食材をゴミに出してから寝るところだが、今日は納品してもらった骨魚の調理を試す。

まな板の上の骨魚は噂《うわさ》通り名前通りの骨みたいな魚だった。

形はサンマに似ている。

ただサンマと違い真っ白で、ゴツゴツの鱗《うろこ》と怖い目をしている。

背びれは刃《やいば》のように鋭く堅く、なるほど話に聞く通り武器に転用できそうだ。

臭いは鼻を近づけると薄ら藻と土を感じるぐらいで、酒で十分消せるだろう。

なんならそのままでも気にならない。

まずは骨のような鱗を落とす。

普通の魚のように包丁《ほうちょう》の背でゴリゴリこすると、思ったより簡単に取れた。

硬そうな見た目ではあるが、鱗が一枚一枚大きくて逆に剥《は》ぎやすい。

魚に残った鱗を水で洗い流して布で水気を取り、基本に忠実に包丁を入れ三枚おろしにしようとしたところで俺は骨魚の骨魚たる所以《ゆえん》に直面した。

「ぐぅ……刃が通らん……！」

そう。

この骨魚、マジで硬いのである。

腰を入れて出刃を押し込んでやっと身に刃がギチギチ音を立てながら食い込んでいく。

魚捌《さば》きあるあるの骨に刃が通らないとかそういうレベルじゃない。

もう全身骨。全部骨。硬い。

骨に刃を入れて骨と骨を切り分け、骨と骨と骨の三枚おろしって感じ。

意味わからん。腹を裂いて取り出した内臓まで白っぽい骨みたいだ。

こんなにホネホネでどうやって生きてんのこの魚。筋肉はどうした。

最初の一匹は捌き方が掴めずグチャグチャにしてしまった。

二匹目もボロボロにしてしまったのだが、包丁の妙な感触の正体を掴んだ。

全身骨の塊に見える骨魚だが、どうも軟らかい骨と硬い骨があるようなのだ。

まさかと思い軟らかい骨を齧《かじ》ってみれば、コリコリした軟骨のような食感だった。

なるほどね。まあ柔らかい骨は食えん事はない。

でもこの軟骨モドキ、味しねーよ。

こんなに全身骨ならいっそ魚ではなく骨として利用するのはどうだろう？

骨といえば出汁《だし》だ。豚骨《とんこつ》しかり鳥ガラしかり。煮干しラーメンなんてものもあるぐらいだ。

三匹目は煮込んで出汁を取ろうとしたが、白い骨がさらに白く硬くなるだけで逆効果だった上に出汁も取れなかった。

だが、真水で煮出したはずなのにちょっとだけ脂が浮いていたのは収穫だ。

ちゃんと脂がある。ただの骨の塊ではないのだ。

四匹目はメタメタに刻んでみた。

包丁の背で骨魚をしつこく叩きまくり、食べやすくする。漫画で読んだチタタプってやつ。

まあ予想できていた事だが荒い骨の粉ができた。

ワンチャン粘り気が出て黒はんぺんみたいな練り物にできないかなーと期待したけどこりゃ無理。

この骨の粉、味しないし。

いや骨だと思っているからダメなのか？

骨ではなく骨のように硬いだけの魚肉と考えてみよう。

身が硬いのは厄介だが、やりようはある。

例えば牛肉や豚肉は玉ねぎと一緒に調理すると玉ねぎの酵素で軟らかくなる。

魚肉も軟らかくなるか知らんけど、玉ねぎに似た野菜を使って一緒にコトコト煮込んでみる。

野菜がクタクタになるまで煮込んだが、骨魚はむしろさらに硬く引き締まってしまったようだった。

五匹目失敗。

六匹目は塩に漬けてしんなりさせようとしてみたが、無駄《むだ》だった。

野菜じゃないもんな。それはそう。やってみただけです。

七匹目は寝かせてみる事にした。

料理漫画で読んだのだが、魚は釣った直後が柔らかく、少し時間が経《た》つと死後硬直で硬くなるのだそうだ。

そしてさらにもっと時間が経つと、今度は死後硬直が解けまた柔らかくなっていく。

とりあえず涼しい場所で二日寝かせておいたのだが、硬い骨が生臭くて硬い骨になるだけだった。

腐敗はするんだよなあ。せめて柔らかくなってくれよ。

結局七匹全《すべ》て調理に失敗してしまったが諦《あきら》めないぞ。

追加の骨魚調達を依頼してトライ&エラーを続ける。

一応、骨魚軟骨を塩水に漬けた『塩軟骨』と塩水を塗ってカリカリに焼き上げた『骨せんべい』をメニューに入れたが、評判はあんまり良くない。

一部の物好きが興味本位で注文するぐらいだ。

骨を骨として食卓に出して料理と言っていいものか……


調理方法に悩む日々を過ごす俺の元に、ある日金物屋に注文していた圧力鍋が届いた。

待ってたぜ。

荷車に圧力鍋を乗せて運んできた金物屋のお弟子《でし》くんは、厨房《ちゅうぼう》まで鍋を運び込んでぺこりと頭を下げた。

「んじゃ俺はこれで。それと親方から伝言っす。暇できたらまた飲みに来いっつってました」

「おー、仕事が一段落ついたら行くって伝えてくれ……おっと待った渡すものがある。ほい、伝言と配達の駄賃だ。これで旨いモンでも食べな。見習いのうちはコキ使われて大変だろうが、がんばれ」

「うす！　あざす！　ヨイシさん今魚料理やってんすよね？　楽しみにしてるっす！」

「お、おう」

お弟子くんはポケットに突っ込んだ駄賃をチャラチャラ鳴らし、ご機嫌で空の荷車を爆走させ帰っていった。

なんか思ったより骨魚の噂広まってる。圧力鍋の発注する時に話したっけ？

別に口止めなんてしてないし知られても困らないけど、話が広まるとちょっとプレッシャーあるな……これでやっぱ骨魚調理できませんでしたってオチになったらだいぶ恥ずかしいぞ。

頑張ろう。新しい調理器具も届いた事だし。

圧力鍋は圧力をかけて調理できる鍋だ。

たぶん、この世界初の圧力鍋だと思う。

圧力鍋の良いところは高温時短クッキングができるところだ。

鍋内部の圧力が水蒸気によって高まり、沸騰《ふっとう》したお湯の温度は１００℃を突破し１２０℃前後まで上昇。

具材に素早く熱が伝わり、加熱に必要な時間が減るため調理時間を短縮できる。

俺の酒場は店長一人のワンマン経営だから、調理時間は減らせば減らすほどいい。

しかし最近はクルミの仕込みで時間を取られ、客が増えて忙しくなり、新食材の研究も加わってワンオペは限界を迎えつつある。人を雇ってもいいかも知れないな。

俺は早速新品の圧力鍋で骨魚を煮込んでみた。

結果はやはり硬いままだったのだが、ちょっとだけ脂が浮いていた。

フム？　何か引っかかる。

出汁をとった時もそうだったのだが、煮込むと脂が出るんだよな。

火で直接炙《あぶ》っても脂っぽさは出ないのに。

水に反応しているのだろうかと考え、丸一日水に浸してみたが、脂は浮いてこない。

そこでじっくり観察してみた。

骨魚を鍋に投入し、火にかけ、目を離さずじぃ～っと監視する。

すると、骨魚は水温がある程度の温度に達した時に脂を出すのが分かった。

それ以下の温度でも、それ以上の温度でも脂は出ない。

その温度は50～70℃ぐらいだろうか。風呂《ふろ》の湯より高く、熱湯より低い。

なるほど、と納得する。

骨魚を煮込む時、俺は水から煮て沸騰させていた。

水から沸騰状態に移行するまでのほんの少しの間だけ、骨魚は脂を出す温度帯になっていたのだ。

そうと分かれば話は早い。

俺は鍋にたっぷりの水を入れ、一尾の骨魚を投入。

弱火でじっくり温度を上げ、脂が浮いたタイミングでコンロの火をロウソク並まで絞り低温で骨魚を煮た。

ぽつぽつと身から脂が浮いてきては水面に漂い、ちゃんと適切な温度になっている事が目で見て分かる。

十分ほど煮てから、煮出された鍋の湯をおたまですくって飲んでみて驚いた。

「おお、出汁だこれ！」

ちゃんと味が出てる！

かなり淡白でアッサリしているが、確かに魚の風味がついている。煮干しの出汁みたいだ。

後味に苦さが残るのは頭と内臓付きで煮出したからか。

続いて鍋の底に沈んだ骨魚を箸《はし》で取り出したのだが、その時点でもう驚いた。

まるで魚のようなのだ。

もちろん魚なのだが、散々忌々《いまいま》しく思っていた骨の塊のようではない。

普通の魚のように軟らかくしなっているではないか！

期待を込めて一口かぶりつき、快哉《かいさい》を叫《さけ》ぶ！

「や、軟らかい！」

骨魚は軟らかくなっていた！

驚きの一口目のあと、二口目を齧り取りよく味わう。

むむむ、これは脂のよく乗ったヒラメかタラの味に近いな。

噛《か》めば噛むほど旨味が口の中で溢《あふ》れて広がる。

低温調理された身はしっとり柔らかく、臭みもない。

こいつぁうまい！　文句なしにうまい。

俺は手掴みで夢中で貪《むさぼ》り食い、骨の隙間《すきま》の肉まで丁寧にこそげとって食べ、文字通り骨だけになった骨魚を置いて満足の一息を吐いた。

充実の魚だった。素晴《すば》らしい。

調理された骨魚はむしろ骨が少なく身が多く、ボリューミーな上に食べやすかった。

一尾だけでもかなり満足感がある。

なんなら骨まで軟らかくなっているから、骨ごと食べるのもできそうだ。

皿に残った骨魚の骨を眺めて感慨深く思う。

道理で今まで骨魚の調理法が見つからなかったわけだ。

低温調理なんてなかなか思いつかないもんな。

食材に熱を通すなら間違いなく100℃を超える。

50～70℃の中途半端《ちゅうとはんぱ》な温度をわざわざ気を使って維持するなんて普通やらない。

やる意味がないから。

俺だって低温調理の概念を知らなければやらなかった。

低温調理で心配なのは不十分な殺菌と寄生虫だが、念のため数日様子を見ても体の不調はなかった。

生きている時は全身硬い骨だったのだから、細菌や寄生虫も寄せ付けなかったに違いない。

お前、実は食われるために生まれてきた魚だな？

骨魚は最高の食材じゃない。

だが俺は最高の調理を成し遂げた。


そして、約束を果たす日が来た。

普段店を開けるよりも少し早い夕暮れ時に、俺はユグドラとセフィを店に呼んだ。

「いいんですか？　開店前なのに……」

「僕たちだけで貸し切りって事？　うわぁ、贅沢《ぜいたく》！」

「本当の贅沢はここからだけどな。席につけ、そして喰《く》らえ！　これが骨魚だ！」

単刀直入、俺はドヤ顔で骨魚料理を出した。一番最初に食わせるって約束したもんな。

大皿に盛りつけたのはシンプルに塩で味付けした煮魚だ。

酒に漬けて臭みをとった後に薄い塩水で煮た骨魚は、全体に程よい塩気が行き渡っている。

さらに仕上げにサッと強火で炙り、皮に焦げ目《め》をつけパリッとした食感を加えてある。

二人はそんな骨魚を驚きをもって迎え、そして本当においしそうに食べてくれた。

セフィは怖々一口食べてから手が止まらなかったし、ユグドラは途中で骨から身を外す手間すら惜《お》しいと言わんばかりに骨ごと丸かじりしたほどだ。

「本当においしかったです！」

「ありがとうございました。これで明日も頑張れそう！」

あっという間に完食した二人の顔を見れば、それがお世辞ではないと十二分に伝わる。

あんまりおいしそうに食べてくれたので二皿目を出し、それもペロリと平らげた二人の笑顔を見て、俺は石胡桃以上の売り上げを確信した。

「『ユグドラ&セフィのお魚セット』って名前で売ろうかな」

「そ、それはちょっと恥ずかしい……」

「明日から頑張れなくなっちゃう……」

「そっか……」

まあいいや。普通に売り出そう。

ククク、また一品この世に美食を誕生させてしまったぜ。

## 迷宮食材名鑑 No.2

# 骨魚

ほねざかな

迷宮上層の水場で採れる魚。全身が骨のようなゴツい白身魚で、水の補給中に稀に噛みついてくる厄介者。

冒険者は骨を矢尻に使う。

そのままでは堅く食べられないが、ヨイシの酒場に持って行くと魚料理に加工してくれる他、買い取りもしてくれる。値段はほどほど。水の補給ついでに数匹釣っていくと良いだろう。

加工された骨魚は柔らかく脂が乗っていてボリューミーという欲張りセット。

ヨイシの迷宮料理は冒険中「女神の涙」以外で疲労値を回復する唯一の手段である。

冒険出発前に「サカナ持った?」の確認を忘れないようにしよう。

# 三品目 糞桃《くそもも》

因果《いんが》は巡るらしい。

ある日突然この世界にやってきた俺《おれ》を拾い飯を食わせてくれたのは、酒場の店主の爺《じい》さんだった。

爺さんは逝《い》って、今は俺が酒場の店主。

そして俺は今日、店の前の物陰に座り込みグゥグゥ腹の虫を鳴らしていた女の子を拾った。

女の子は薄汚く臭《にお》うネズミ色のボロ切れを着て、子供には高すぎる椅子《いす》にちょこんと腰かけ夢中で骨魚《ほねざかな》とパンを口に詰め込んでいる。

むせないように水のおかわりを注《そそ》いでやりながら、俺は「爺さんも俺をこんな風に見ていたのかな」としみじみ感じ入った。

こんなん腹いっぱい食わせてやりたくなるよ。

軟《やわ》らかくしっとりと調理した骨魚を骨ごと口いっぱいに頬張《ほおば》り、俺に目もくれず急《せ》き立てられるようにもっちゃもっちゃしている女の子は八、九歳ぐらいに見える。

お尻《しり》に生えた爬虫《はちゅう》類系のかわいい尻尾《しっぽ》の鱗《うろこ》は痛ましく剥《は》がれ、割れ、ボロボロだ。

頭は枝分かれした二本の短い角がちょこんと生え、まるで鹿《しか》のよう。髪は濃い青色だ。

縦に割れた瞳孔が特徴の瞳《ひとみ》は金色で、よっぽど腹を空《す》かせていたのか目の前の食べ物だけを大きく映《うつ》している。

明らかにただの人間ではない。

亜人ちゃんだ。初めて見た。すげー！

迷宮に小鬼《ゴブリン》や豚人《オーク》がいるぐらいなので亜人はいるはずなのだが、行動圏が街中しかない狭い世界で生きている俺は今まで一度も亜人を見たことがなかった。

なんの亜人だろう。鹿とトカゲのハーフとかかな。

でも聞くのは失礼かも知れないからやめとこ。

まあ人間と同じ飯食うなら実質人間だろ。

女の子は最初に一口骨魚を恐る恐る食べ、目をかっぴらいて「おいしい……」と呟《つぶや》いてから何も喋《しゃべ》らず無限に口に食べ物を詰め込んでいる。

そして俺は無限に給仕している。

よく食べるね君。もっと食えもっと食え。おかわりもいいぞ。

フードファイター顔負けの大食いっぷりを見せつけた女の子だったが、流石《さすが》に胃袋は底なしじゃないらしい。

骨魚を二十匹も食べ、すっかり丸くなったお腹《なか》をさすりながら満足そうにケフッと息を吐《つ》いた。

眠そうに半目になりあくびをし始めたので、おねむの前に聞いておく。

「名前は？」

「ウカノ……」

「お父さんかお母さんは？」

「…………」

ウカノは黙って首を横に振った。

そっか。孤児《こじ》か……

もう少し身の上話を掘り下げて聞いておきたかったが、グッとこらえる。

もちろん彼女には彼女なりの事情があったに決まってる。

そうでなきゃ飢え死にしそうなツラしてひとりぼっちで物陰にうずくまっているものかよ。

爺さんは俺を拾った時、根ほり葉ほり聞かなかった。

俺が自分から事情を話すのを待ってくれた。それがどんなにありがたかった事か。

だから俺は深く聞かず、重要な事だけ聞いた。

「なあウカノ。ウチに住むか？」

「住まない」

「ウチで飯食べるか？」

「食べる」

「ウチに住むと腹いっぱい食えるぞ」

「住む」

「よし。俺はヨイシ、冒険者酒場の料理人だ。よろしくな」

こうして亜人のウカノちゃんはウチの酒場に住む事になった。

大きなタライに張ったぬるま湯に入って身体《からだ》の汚れを落とし、髪を梳《す》き、蚤《のみ》の市で買ってきた元はどこぞの有名仕立屋作だという触れ込みの古着を着たウカノは、見違えるほど可愛《かわい》らしくなった。

痛々《いたいた》しく傷付いていた尻尾もガツガツ食べて栄養補給したおかげか三日で鱗が生え替わり綺麗《きれい》な艶《つや》を出し始めた。

「亜人の良家のお嬢様でございます」と紹介しても通じるだろう。

ウカノは最初の数日こそ警戒した様子で口数少なく物陰に隠れていたが、すぐに俺にちょこちょこついてきてはやることなすことじーっと見つめ、「あれは何？　これ何？」と説明をせがむようになった。

特に俺が料理をしていると（俺は料理ばかりしているのだが）、近くに寄って来てあれこれ聞いてくる。

今日は石胡桃《いしくるみ》に興味をもったようで、厨房《ちゅうぼう》に積んだ小麦粉の袋に半分身を隠しながら質問攻めを始めた。

小声だが隠しきれない好奇心が滲《にじ》んでいる。

「それ何してるの」

「ん？　石胡桃の仕込みだ。仕込みって分かるか？」

「…………？」

「仕込みってのは、まあ、料理の準備だな。これをやると料理がおいしくなる。大切な仕事だ」

「ふぅん。それは何？」

「これは胡桃割り機。ここの持ち手をグッってやると、ほら割れた。こうやって殻を割って中身を取り出すんだよ」

「それは？」

「注射器。これを刺して中の美味《おい》しくないやつを取り除いてる」

「どうして水に入れてるの」

「それはな、ちょっと難しい話なんだが――」

ウカノは俺にひとしきり質問を浴びせまくった後、静かになってじーっと俺の手元を観察した。

時折俺の顔を見るのだが、目が合うとさっと逸《そ》らす。

まだ警戒されてるな。数年に一度しか会わない親戚のおじさんぐらいの距離感だ。

小一時間石胡桃を割り続け、視線を感じながらいったんトイレに行って戻ると、割られたクルミがいくつか増えていた。

お？　ひのふのみ……数え間違えじゃない。

どうやらこの酒場には俺が見てない間にお手伝いしてくれる可愛い妖精《ようせい》さんがいるようだな。

「手伝ってくれたのか？」

「…………」

「ありがとな。助かったよ」

俺がお礼を言うと、ウカノは固まった表情を緩めコクンと頷《うなず》き、尻尾をゆらゆらさせちょっと近くまでやってきた。かわいい。

知りたがりウカノちゃんは物覚えが抜群に良かった。

石胡桃の仕込みをすぐに覚えて暇さえあれば延々と胡桃割りをするようになったし、服に尻尾や角を通すための穴を開けるやり方も俺がやったのを一度見ただけで覚えた。

おでかけ用の帽子《ぼうし》なんてスカートでコツを掴《つか》んだのか自分で工夫してオシャレに仕上げていたほどだ。

ただ心配なのは、俺の行動範囲が酒場・料理周りに限られるため、ウカノが見聞きして真似《まね》するのも必然的にそのあたりになる事だ。

関《かか》わる大人は素行も口調も荒っぽい冒険者ばかり。

これっていいのかなぁ、と少し不安になる。

子育てした事ないから分からん。大丈夫なんすかね。

ウカノが話すのは酒場の若い冒険者だし、連れて行くのは食料市場だし、読み書きなんて酒場のメニューとか俺が作った料理法覚書で覚えてるぞ。

子供ってもっと同年代の子と遊ばせたり、遊園地とか連れてったり、絵本読み聞かせてあげたりした方がいいんじゃないのか。

でもせっかく酒場にも俺にも慣れて安心した様子を見せてくれるようになってきたのに、環境や状況を変えると負担になっちゃうか？

それとも悪い大人を見本にしてしまう危険は避けた方が……？

……まあいいや。なんかやりたいって言い出したらその時は応援するぐらいで大丈夫だろう。

とりあえず。悪い事覚えてしまったらダメだよって言えばいい。

ウカノが俺の周りでウロチョロするようになると、自然と酒場に来る冒険者たちと知り合う。

冒険者たちは角と尻尾が生えたウカノを見ると大抵びっくりして「あの角と尻尾はなんだ?」と聞いてくる。

逆に俺が知りたい、あれって何? と聞き返すと、冒険者たちは「わからん!」と口を揃《そろ》えた。

わからんなら仕方ないな。

中にはひょっとして人型モンスターじゃないだろうな、と煙たがる奴《やつ》もいたが、そういう疑《うたぐ》り深い奴らもすぐにほだされた。

俺の後ろに隠れ、恐る恐る顔を覗《のぞ》かせるいたいけな少女に高圧的に出られる奴はいない。

罵倒《ばとう》も振り上げた拳《こぶし》も引っ込み、飴《あめ》ちゃんとナデナデが出てくる。

いいぞウカノ。可愛さで全《すべ》てをねじ伏せていけ。


さて。

店を開け、冒険者に美食を布教し、割れて床に散らばった皿の破片を掃き集めて捨て、酔いつぶれたフリをして狸《たぬき》寝入りしていたふてぇ野郎を寝息で見破ったウカノがくすぐって起こし歩いて帰らせ、真夜中過ぎに帳簿を付けて本日も店じまいと相成る。

いつもならウカノをお風呂《ふろ》に入れて寝かしつけるところだが、今日は俺が新商品の開発を始めるということで、ウカノは眠そうな目をこすりこすり厨房に居座った。

骨魚料理の売れ行きは好調で、ウチの看板商品・代名詞の名を欲しいままにしている。

骨魚料理の発売と入れ違いにうまクルミの製法を他の酒場や料理屋に明かして技術情報料をせしめたので、金物屋に新しいちゃんとした金庫を注文する必要があったぐらい儲《もう》かっている。

だが初心忘れるべからず。

ウチは儲け第一の酒場ではない。旨《うま》い飯第一の酒場なのだ。飯が先。儲けは後。

うまクルミに続いて骨魚を売り出した事により、ウチは「迷宮料理」という新ジャンルの最先端を切り開く店だと噂《うわさ》され始めた。誇らしい事だ。

これからも迷宮料理の最前線を切り開く食の開拓者であり続けたい。俺は止まらねぇからよ。

というわけで新しい迷宮料理の開発にとりかかる。

今日から調理を試していくのは糞桃《くそもも》だ。糞桃は迷宮上層で採れる桃である。

下品な名前とは裏腹に、その上品な甘みと香りは野生の桃でありながら王族の祝いの席で供される最高級品に勝《まさ》るとも劣《おと》らない。

そんなおいしい桃だが、糞桃という最悪な名前で呼ばれるのには理由がある。

一口でも食べると間もなく丸一日続く強烈な下痢を起こすのだ。

食べるとクソ垂れるから糞桃。そのまんまである。

一応、この桃を食べても強力な治癒魔法をかけてもらえば下痢にならないのは知られている。

下痢成分は治癒魔法で打ち消せるのだ。

だがあらかじめ糞桃に治癒魔法をかけておくと味と香りが消えてしまうし、そもそも強力な治癒魔法の使い手は希少だ。

もっと誰《だれ》でもちゃんと食べられる方法を見つけたい。

テーブルに並べた甘い香りの糞桃を見てウカノがちょっと自慢げに教えてくれる。

「それ知ってる。糞桃っていうんだよ。食べるとうんち出るから食べちゃだめって冒険者言ってた」

「それを食べられるようにするのが俺の仕事だ」

ウカノ、俺も教えてやろう。

食べられない食材をおいしく食べられるようにするのが真の料理人なんだ。

俺の生きざまを見よ！

「よーしやるぞ。まずは低温調理してみよう。普通の加熱は昔痛い目見たからな。どれ、一口……うん、美味《うま》い！」

「オゲーッ！！！！！！！！！！！！　ウカノ、本日休業の看板出してくれ……俺はトイレから出られない」

「だいじょうぶ？」

俺は明け方頃までトイレから尻を押さえて出ては口を押さえて駆け込むのを繰り返した。

こりゃまいった。糞桃、その名に恥じぬクソっぷりだよ。頼むから恥じてくれ。

俺はせっせと水がめから水を汲《く》んで持ってきてくれるウカノに看病されながらぐったりと一日休み、なんとか翌々日には店を開けられるぐらいに回復した。

桃食っただけなのに戦場から生還した気分だ。

営業中いつも俺の近くでウロウロしていたウカノは、病み上がりの俺を気遣ってか配膳のお手伝いをすると言ってくれた。

いやいや子供は遊んでなさいよ、と言いたいところだが、正直めっちゃ助かるのでお願いしてしまう。

皿や酒杯を持ってフロアを歩き回らず済むだけで相当楽になる。

今日からウカノはヨイシの酒場の看板娘だ。

が、初仕事のウカノにいきなり試練が襲い掛かる。

「嬢ちゃん女給になったのかぁ？　ハッ！　こんなちんまいガキが笑わせるぜ。おい、もっとキレーな姉ちゃん連れて来い！」

「ん、んむ？」

「いいか、女給になりたいなら愛嬌《あいきょう》がなくちゃあいかんぞ。笑え嬢ちゃん、笑わんかい！」

「うぅ……」

顔を真っ赤《まっか》にして出来上がった酔っ払いに絡《から》まれ、ウカノは困り顔で俺と酔漢《すいかん》を見比べた。

あーあー、酒に飲まれやがって。

飲むのではなく飲まれたくなるような嫌な事でもあったのかも知れんが、ウカノに絡むのはやめてくれ。

俺は固まってしまったウカノを助けるべく水を持ってフロアに出て、何が楽しいのか馬鹿笑《ばかわら》いしている酔っ払いの肩を叩《たた》く。

「そのへんにしとけ。ほら水だ、いったん酔い覚ませ」

「はぁ～？　酔ってないが⁉　店長こそ酔ってるだろ！　水飲めッ！」

そう言って酔っ払いはビールのジョッキを俺の口に押し付けようとし、勢い余ってジョッキで俺の鼻を強打した。

いってぇ！

よろめいて尻もちをつき、ジンジンする鼻を押さえると手に血がついた。

ダメだこりゃ、話が通じない。いったんウカノを抱えて撤退――

「めっ！」

「⁉」

次の瞬間、俺はすごいものを見た。

俺の鼻血に血相を変えたウカノが酔っ払いを尻尾で叩き、一撃で店の外までぶっ飛ばしたのだ。

人が宙を舞うどころじゃない。地面と水平に真っすぐ吹き飛んでいった。

店の壁には人型の穴が空き、埃《ほこり》と木くずが舞い落ちあれほど騒がしかった酒場が静まり返る。

「ヨイシ大丈夫？　血が出てる。ひどいよ、お腹痛いの治ったばっかりなのに」

凍《こお》り付いた空気を気にもかけず心配そうに俺の鼻のあたりにぐいぐい布巾《ふきん》を押し付けるウカノは

小さく華奢《きゃしゃ》で、酔っ払いとはいえ屈強な冒険者を一蹴できるようにはとても見えない。

亜人つえ～。亜人ってみんなこんなパワフルなの？

助けるつもりが助けられてしまった。これ以上みっともない姿は見せられん。

「ありがとうウカノ、大丈夫だ。鼻血は大丈夫」

「そう？　痛くない？」

「ああ」

俺が鼻を押さえながら立ち上がり、ウカノが床に転がるジョッキを拾って仕事に戻ると、静寂は破られ囁《ささや》きが波のように広がった。

「やっべぇぞ……」

「やばすぎ……」

「ああ、あの子には逆らわない方がいい……」

「そんなスか？　馬鹿《ばか》つえーのは分かるスけど……」

「あのオヤジは中層で長いこと前衛張ってるベテランだ。それを反応すらさせず一発となると……」

「スげぇんだ……」

「ちっちゃくてかわいくて強い。いいなあ……」

「用心棒……」

「看板娘……」

耳をそばだてると畏《おそ》れを抱いた冒険者が多いようだった。

舐《な》められるよりはずっといいが、酒場のフロア係が客を威圧してしまうのはそれはそれで良くないな。

フム。

俺はウカノに耳打ちして、一子相伝の万能呪文を伝授した。

微妙な空気感になってしまったのを察しながらもどうしたらいいか分からない様子のウカノは、口の中で呪文を何度か唱え練習してから、居心地悪そうな客に向けてぺこーっと頭を下げ詠唱《えいしょう》する。

「おさわがせしました。おわびにビール一杯、無料です！」

ピリついた空気は魔法の言葉で拭《ぬぐ》い去られ、酒場の冒険者たちはドッと沸いた。

タダ酒より旨いモンはねぇ！　そうだろお前らッ！

ウカノは先を争ってビールを注文する冒険者たちに忙《せわ》しく給仕し、たちまち看板娘として受け入れられ溶け込んでいった。

店主の兄ちゃんがせかせか給仕するのと、可愛らしい女の子がてってこフロアを駆けまわって給仕するの、どちらが良いかという単純な問題だ。

こうしてウカノは着任早々ものの見事に荒くれ冒険者に格付けをし、ヨイシの酒場の看板娘の座を不動のものとした。

ウチの酒場の客はもう誰もウカノに逆らわない。

店の壁に空いた人間の形の穴を見て逸話《いつわ》を聞けば誰だって逆らう気を無くすってなもんだ。

本当に情けない話だが、ウカノが給仕と荒事を担当してくれるおかげですごく楽になった。体力的にも精神的にも余裕ができ、閉店作業が終わってもまだ気力は充実し頭も冴《さ》えわたっている。

ありがとうウカノ。おかげで今日はいける気がする。

うおお、糞桃調理リベンジだ！

「一昨日は酷《ひど》い目に遭った。加熱しても意味無いなら凍らせるのはどうだろう。下痢を起こす成分が熱に強いなら逆に冷やせば効果弱まるんじゃないか？　どれ、一口……うん、美味い！」

「ゲロローッ！！！！！！！！！！！！　　ウカノ、本日休業の看板出してくれ……俺はトイレから出られない」

「ほんとに大丈夫？」

「一昨日は酷い目に遭った。凍らせてダメならそうだな、前は経営が厳しくて仕入れられなかったが、今なら超高価な砂糖がある。砂糖漬けはどうだ？　どれ、一口……うん、美味い！」

「グエーッ！！！！！！！！！！！！！　ウカノ、本日休業の看板出してくれ……俺はトイレから出られない」

「また？」

「一昨日は酷い目に遭った。解毒系の食材と混ぜてみよう。胃腸に良いハーブと細かく刻んだ殺菌作用がある根菜を果肉と混ぜてシャーベットに。どれ、一口……うん、美味い！」

「ゲボーッ！！！！！！！！！！！！　ウカノ、本日休業の看板出してくれ……俺はトイレから出られない」

「吐くの好きなんじゃないよね？」

糞桃調理は失敗が続き、漲《みなぎ》った気力も萎《な》えて流石にグロッキーになった。

何が辛《つら》いって下痢がマジで辛い。

酒場の冒険者が迷宮で腹が減り過ぎて糞桃を食べ地獄を見た話をしているのを聞いてアホだな～と呆《あき》れていたが、今は心底同情する。

腹もいてーしケツの穴もいてーし散々だよ。

なんなら眉根《まゆね》を寄せたウカノにぼそっと「くさい」と言われ心まで痛い。ちょっと泣いちゃった。

しかし糞桃は逆に言えば食べられるもんなら食べたいとみんな思っている食材という事なのだから、これを調理できたらデカい。

数々の実験と休業を経て、俺は糞桃の下痢成分は果肉に含まれているのを突き止めた。

皮や種を食べてもなんともないのだ。でも食べたいのは果肉なんだよなあ。

なんとかして食べられないかとあれこれ試すも、だんだん心が荒《すさ》んできた。

一回試食するたびに下痢で尊厳破壊されるのが本当に辛い。

当初の意気込みはすっかり萎え、試食回数が十を超える頃には糞桃調理の前に手の震えを抑え怖気《おぞけ》づく心を奮い立たせなければならなくなった。

客にも心配された。

今までずっと毎日店を開けていたのに、最近は隔日休業。

店を開ける日も顔色が悪い。そりゃ心配もされる。

店長瘦《や》せた？　と聞かれて初めて体重が減っているのに気付いたぐらいだ。

病気とかトラブルではないから、と説明していたのだが、ある日とうとう心配が限界に達したらしいユグドラとセフィに止められた。

「ヨイシさん。きっと料理人の誇りがあるんだと思いますけど、引くのも勇気ですよ」

「冒険者と一緒です。引くべきところで引けない冒険者は早死にしちゃうんですよ」

「そんな事言ってもな。お前らは進み続けてるだろ」

ユグドラとセフィの快進撃は止《とど》まるところを知らず、破竹の勢いで迷宮を進んでいた。

上層の攻略も中盤に差し掛かり、装備もいっぱしの冒険者といった風体だ。

ユグドラは錆《さ》びた小剣からきちんと油を差したショートソードにアップグレード。

セフィは鈍い色合いながらキッチリ加工された魔石が嵌《は》め込《こ》まれた杖《つえ》に加え、いつでも取り出せるようポケットから巻物が覗いている。

その上、鋲《びょう》を打った靴やベルトの小物入れなど、随所に冒険のための細かい工夫が見て取れた。

今二人が攻略しているあたりで頭打ちになる冒険者は多い。

冒険者は上層の序中盤を一生うろうろしている奴らが一番多いのだ。

しかし二人はそこを乗り越え、中堅冒険者として遠からず名乗りを上げるのだろうと思わせる勢いがあった。俺も負けてらんねぇ。

しかし、ユグドラは首を横に振った。

「いいえ。僕たちも敗走した事があります。しばらく前に迷宮に珍しく雨が降ったんですが、その日はモンスターがめちゃくちゃで。中層にいるモンスターが上層に上がってきていたんです。僕たちは増長していました。挑んだ敵に必ず勝ってきたから、相手が中層モンスターでも勝てると思ってしまった……」

「ユグは魔力が尽きて気絶した私を背負って、なんとか逃げてくれました。私たちは負けました。でも何も得られなかったわけじゃない。私は魔力切れの時のためにスクロールを持つ大切さを知りましたし、私たちが時間を稼いで削ったおかげでその中層モンスターは別の冒険者が倒せたそうです」

ユグドラは黙って聞く俺にゆっくり言った。

「ヨイシさんも、桃に色々試してみて何か得たのではないですか。今手に入れた成果を握りしめて撤退すれば、またいつかもっと成長した時に再戦できます。まだ行けると思ったら、もう危ないんです。ヨイシさん、どうか体を大切にして下さい。ウカノちゃんもいるでしょう？」

俺は酒場のテーブルの間をとっとこ歩き回って料理を運んでいるウカノを眺め、しばらく考え、頷いた。

仕方ない。お前には負けたよ糞桃。

だがタダでは負けんぞ。これは完全敗北じゃない。戦略的撤退だ。

糞桃は最高の食材じゃない。

しかしポテンシャルはある。いつか絶対リベンジしてやるからな！


糞桃の果肉は食えなかったが、皮と種は使える。

俺は皮と種で混成酒《リキュール》を作る事にした。

リキュールは度数の高い蒸留酒に果実やハーブを漬け込んで造る酒だ。

糞桃を茹で、剥きやすくした皮をツルリと脱がし、種と一緒に酒に漬ける。

すると桃の上品な香りと甘みが酒に移り、フルーティーな果実酒になるのだ。

俺は数日熟成させ出来上がった果実酒に「冒険酒」という名前をつけて売り出した。

本当は桃酒という名前が良かったのだが、冒険者は「桃」という言葉に悪い《うんち》イメージがあるからな。

酒呑みの巣窟に流星の如《ごと》く現れたニューフェイスはたちまち飲兵衛《のんべえ》の肝臓を鷲掴みにした。

「ヨイシ！　冒険酒大ジョッキでくれ！」

「あいよ」

「冒険酒？　なんだそれ」

「あ？　冒険酒を知らない⁉　はーっ！　お前この酒場に来る資格ねーよ。帰って泡抜けたエール飲んでな！」

「なんだとぉ……！」

「どうしたの？　喧嘩《けんか》？」

「アッすみません、なんでもないです」

「違うんだよウカノちゃん、こいつに冒険酒を奢《おご》ってやろうって話をしてただけで。ははは」

「そう？　お酒飲むならクルミをね、一緒に食べるとおいしいよ」

「ヨイシ！　冒険酒とクルミ！　二人前！」

冒険酒の評判は上々。

今回は大成功とはいえないが、酒場として酒のラインナップを増やせたのだから悪くない。

冒険者も料理人も、時には負けを認めるのが大切だ。

## 迷宮食材名鑑No.3

# 糞桃《くそもも》

迷宮上層の樹林で採れる桃。上品な香りと甘みの小振りな桃で、思わずかぶりつきたくなる。

そのままでも食べられるが、食べて間もなく丸一日続く強烈な下痢を起こす。

ヨイシの酒場に持って行くと冒険酒に加工してくれる他、買い取りもしてくれる。値段はほどほど。酩酊耐性の強いメンバーで攻略を進めているなら、上層は冒険酒一択。

冒険酒は桃の上品な甘い香りはそのままに、浮足立つような高揚感のある酔いがくる。この酩酊は迷宮で財宝を見つけたあの感じに似ていると冒険者は言う。冒険酒はどれだけ飲んでも悪酔いしない。

ヨイシの迷宮料理は冒険中「女神の涙」以外で疲労値を回復する唯一の手段である。

冒険出発前に「酒持った？」の確認を忘れないようにしよう。

冒険者酒場の料理人

# 四品目 霞《かすみ》肉《にく》

全《すべ》てのモンスターは死ぬと急激に腐敗する。

これによってモンスターと普通の動物は区別できる。

モンスターの腐敗速度はとても速く、死んだ瞬間から目に見える速さで腐《くさ》ってすぐに土になってしまう。

だからモンスターは死体が残らない。

そういう観点から骨魚《ほねざかな》はモンスターではなく、迷宮に生息しているだけのただの動物だと言えよう。

ただ少し例外があって、特別生命力が強く強靭《きょうじん》なモンスターは死んでも体の一部が腐らず残る。

そういう遺留品は強力な魔道具や武具の素材になるため高値で取引されるそうだ。

生命力の強いモンスターは普通のモンスターに交ざって時々現れる他、何度倒されても必ず一定周期で復活する各階層の主《あるじ》、通称「門番」はこの生命力が強いモンスターに該当する。

門番は上層、中層、下層、最下層の各階層を隔てる扉を守っている中ボス的存在だ。

冒険者は上層門番を倒してやっと中層に足を踏み入れた中堅冒険者になれる。

中層門番を倒し下層に入れば一流だ。

昔、下層と最下層を隔てる門を守る門番を倒し、最下層に座す迷宮の主の存在を確認した冒険者たちがいたらしいが、その人たちは志半《こころざしなか》ばで死んでしまい、結局今に至るまで迷宮は踏破されていない。

だから門番は冒険者が乗り越えるべき関門であると同時に、定期的に復活する高額遺留品《レアドロップ》の供給源になっている。

しかし残念ながら門番の遺留品は剣や斧《おの》、杖《つえ》、盾といった品なので食べられない。

ボスレアドロップ食材なんてものが迷宮にあるなら、是非《ぜひ》仕入れて食べてみたかったのだが。

無いものは仕方あるまい。そんな希少食材無くても十分酒場はやっていけるし。

最近ウチの酒場は次々出す新作迷宮料理が客を呼び寄せ、手狭になってきたので拡張工事をした。

お隣の雑貨屋倉庫を買い取って、大工に頼んで廊下で繋《つな》げてもらい、客席数は二倍になった。

工費は貯金と骨魚調理法を公開した時の情報量で十分足りた。

金物屋に新しい調理器具や時短アイテムを作ってもらっているし、給仕娘のウカノが八面六臂《はちめんろっぴ》の働きをしてくれているので、客が二倍になってもまあさばけるだろう。

店舗面積二倍！　客も二倍！　儲《もう》けも二倍！　勝ったなガハハ！

という皮算用は驚くべき事に現実になり、店舗拡張後の滑り出しは順調そのものだった。

桃を使った冒険酒は特に若者と女性冒険者に人気で、冒険酒を飲みたくて荒くれ冒険者がたむろするウチに通い始めた美食家までいるぐらいだ。

メイン料理に骨魚。ツマミにうまクルミを食べながら冒険酒を喉《のど》に流し込む。

これがこの街の冒険者の最高に贅沢《ぜいたく》でツウな晩飯だという噂《うわさ》だ。

例によって冒険酒売り出しと入れ違いに骨魚の調理法を他の酒場や料理店に売りつけたのだが、冒険酒が飲めるのはウチだけ。客足は途切れない。

だが全てが好調に進み続けるという事はない。店舗拡張後しばらくして、ウカノが体調を崩した。

最初は働き過ぎだと思った。

いくらウカノがパワフルでスタミナ抜群とはいえ、まだ十歳になるかどうかの子供だ。

毎日冒険者どもの給仕で飛び回っていれば疲労も溜《た》まる。客が二倍になれば疲労は二倍以上だ。

ウカノは「お手伝いできる、大丈夫」と言ったが明らかに具合が悪そうだったので休ませた。

なんでウカノが悪い事しちゃったみたいな顔するんだよ。無理させちまった俺《おれ》が悪いよ。

自慢の尻尾《しっぽ》の鱗《うろこ》はツヤを失い、枝分かれした二本の角も心なしか萎《しな》びて見える。

青髪は色褪《いろあ》せ顔色だって悪い。俺はベッドで安静を言いつけて、病人食を作った。

飲み物は口当たりの良い桃ジュース。大量の皮と種から僅《わず》かな汁を搾り出して作った。

主食は骨魚にする。

骨魚のほぐし身は噛《か》まずにそのまま飲み込《こ》めるほど軟《やわ》らかく、身体《からだ》が弱っていても食べやすくて滋養たっぷりだ。

ウカノはおいしそうに病人食を食べてくれたし、桃ジュースはおかわりをしたから食欲もある。

だが一向に良くならない。それどころか少しずつ悪化しているようにも見えた。

ひょっとしてタチの悪い病気か呪《のろ》いにかかったのでは？

心配になった俺は医者を呼び診察してもらったのだが、原因はハッキリしないという。

少なくとも呪いではないとの太鼓判をもらったが、病気かどうかは断定できない。

強いて言えば栄養失調の症状に近いように見えると言い、医者は帰っていった。

でもウカノはちゃんと食べてるんだよなあ。

食べるペースは遅いけど、魚も野菜も肉もパンもモリモリ食べてる。

栄養不足とは思えないのだが……

ウカノのベッドの端に腰かけ、小さな手をにぎにぎしながら首を傾《かし》げていると、ウカノは俺の顔色を窺《うかが》いながら恐る恐る言った。

「ヨイシ……あのね、私、肉食べたい」

「肉？　ああ、分かった。今日の飯は肉にしよう。豚がいいか？　鳥？　牛？」

俺が姫の要望をお尋ねすると、ウカノは首を横に振り、緊張した様子で言葉を重ねた。

「ちがうの。モンスターの肉じゃないとダメなの。モンスターの肉を食べれば元気になれると思う」

「ほほう」

モンスターの肉が食べたいと来たか。

こいつは難しい注文だな。なんせモンスターは死ぬと凄《すご》い勢いで腐っていく。

いまだかつて腐っていないモンスターの肉を食った奴《やつ》はいない。

「どうしてモンスターの肉じゃないとダメなのかは聞かないで」

「ん？　ああ分かった」

ウカノに言われて初めてなんでだろうと思ったが、気にするほどの事でもない。

世の中にはアレルギーで特定の食べ物を食べられない人がいるんだから、逆アレルギーで特定の食べ物しか食べられない人がいるってパターンもあるのだろう。たぶんね。知らんけど。

「ウカノはモンスターの肉が好きなのか？」

「好きっていうか……ヨイシに拾ってもらうまではよく食べてた」

「ほー。どうやって？　モンスターって死ぬとすぐ腐るだろ」

「うん。だから生きてるモンスターに飛びついて、ガブーって噛み千切《ちぎ》ってた」

「すげー」

めっちゃワイルド～。でも今は無理そうだ。

体調を崩したウカノを迷宮に送り込んでガブッてしてこいとは言えない。

ここは俺がひと肌脱ごうではないか。

病気になったら食べたい物を食べるのがいっちゃん体に良いんだから。

父さんが必ずモンスターのおいしい肉を食わせて元気にしてやるからな！


さて。


店を開け、好き勝手に注文を叫《さけ》ぶ冒険者をさばききり、冒険者たちから看板娘への見舞いの品を二階で静養しているウカノに届け、自分を給仕として雇ってほしいとほざく常連泥酔野郎を店から締め出し、真夜中過ぎに帳簿を付けて本日も店じまいと相成る。

いつもなら病気や呪いに効く薬草の勉強をしてから寝るところだが、今日からは霞肉《かすみにく》の調理法を探す。

モンスターの肉は、料理業界では霞肉と呼ばれる。

料理しようとしても霞のように消えてしまう幻の肉というわけだ。

倒しても倒しても無限に湧《わ》いてくるモンスターの肉が食えれば、市場の肉供給事情は激変する。

古くから商人や商売っ気のある冒険者、仕入れ値を抑えようとした料理人などが霞肉の調理に挑戦しては破れてきた歴史がある。

俺はいつものようにユグドラ&セフィに依頼し、「跳び兎《うさぎ》」という迷宮上層序盤に出没するモンスターを生け捕《ど》りにしてきてもらった。

跳び兎はその名の通り跳躍力の高い兎モンスターで、草むらに潜み冒険者を見つけると飛びかかって噛みついてきたり体当たりをしかけてきたりする。

しかしこの飛びかかりを回避されると、壁や木に頭をぶつける事がある。すると気絶する。

気絶状態の跳び兎は簡単にトドメを刺せるボーナスモンスターと化すのだが、今回は足を縛って持ち帰ってきてもらった。

上手《うま》く殺さず気絶させて縛り上げるのはなかなか難しいらしく、三羽しか捕まえられなかったと謝られたが十分だ。俺だったら一羽も捕まえられない。

俺は迷宮に入って早々コイツに顔面を切り裂かれ、腹タックルをもらって肋骨《あばらぼね》をバキバキに折り胃の中身全部ぶちまけたのは苦《にが》い思い出だ。爺さんが昔の知り合いを無理言って呼んでくれなかったら、充分な治癒魔法を受けられず普通に死んでいた。

他の冒険者はひょいっと避《よ》けるか喰《く》らっても「イテーなおい！」って感じなのに。俺、弱すぎ。

早速調理を試していくのだが、テーブルの上の跳ね兎はとっくに気絶から覚めていて、「絶対殺してやるからな！」と言わんばかりの血走った赤い目で俺を睨《にら》み、拘束された足をギチギチ鳴らしてばったんばたんと暴《あば》れている。

ワ、ワ……！　怖い。暴れないでくれ。マジで。

モンスター特有の不気味な赤い目は見ているだけで不安になる。

俺は十字を切ってから跳び兎を押さえつけ、慎重《しんちょう》に処置に取り掛かった。

実のところ霞肉の調理法は「これなら行けるんじゃないか」という目星がついていた。

ざっくり言えば、活《い》け造りである。

死ぬと腐敗し肉が食べられないなら、生きたまま食べればいい。

あるいはそれに近い事をするのだ。

俺は日本が世界に誇る変態調理技術が可能にした「鯛《たい》の活け造り」を知っている。

鯛を生かしたまま捌《さば》き、刺身にして食べるびっくり料理だ。

食べる時ご本人のギョロギョロ動く目とバッチリ視線が合うサプライズ付き。

魚でできるなら兎でもできると思います。

美食漫画で読んだが、生きたまま獲物を捌《さば》く時はなんか……神経中枢？　みたいなところを針でドスッと突いて麻痺《まひ》状態にしてやるとスムーズに締めれるらしい。

俺はこのうろ覚えの知識を骨魚で試し、モンスターではない普通の兎でも試して既に神経締めを習得している。

神経締めで麻痺させたら、生きたまま素早く皮を剥《は》ぎ、内臓を傷付けないよう肉を切り分け、調理する。

これなら生きたまま調理できるから、理論上は腐らない。

ただし時間との勝負になる。神経締めは万能ではない。

いくら麻痺していようが、皮を剥がれ肉を切り取られたら遠からず死ぬ。

だから跳ね兎の体の構造を把握し、素早く正確に解体するのが重要だ。

今までの迷宮料理は発想と工夫で解決してきた。

しかしここに来て純粋な調理技術がキモになった。

練習はした。でも跳ね兎に通用するかどうか……

深呼吸をしてから、一羽目の跳ね兎の神経締めに取り掛かる。

狙《ねら》いを定め、耳の後ろから針を突き刺す。

跳ね兎の体の構造が普通の兎と同じなら、これで神経締めできるはず。

針を刺すと、跳ね兎はビクンと痙攣《けいれん》して動かなくなった。

祈りながら見守るが……体がボロボロ崩れ腐り始める。

失敗だ。神経締めが失敗したのか？

それとも神経締めには成功したが腐敗してしまったのか？

俺はこの失敗をただの失敗で終わらせないため、腐って何が何やら分からないぐちゃみそになる前に急いで解剖して跳ね兎の神経位置特定に取り掛かった。

結局、完全に特定できないまま腐ってしまったが、神経中枢が胴体にない事は分かった。

たぶん、コイツの脳は頭にある！

いや、馬鹿《ばか》にできない発見だ。モンスターの生態は複雑怪奇。

迷宮下層のモンスター、ケルベロスはマジで脳が腹にあるらしいからね。

三つの頭部には全部心臓が収まっているのだとか。

跳び兎二羽目と三羽目は神経位置特定に費やした。

何しろ死ぬとすぐに腐敗してぐちゃぐちゃになっていくものだから、迅速に解剖しないと手がかりが失われていく。

気分は料理人というより医者だ。頼む、解剖医連れてきてくれ。

だが俺は解剖医の知り合いなんていないから自力で地道にやるしかない。


「なんというか……すごいですね」

酒場を閉めた後、跳び兎の追加納品ついでに調理の見学をしてみたいと言って残ったセフィは厨房《ちゅうぼう》に入るや唖然《あぜん》として小学生並の感想を漏《も》らした（ユグドラは冒険酒の飲みすぎで先に帰った）。

セフィの目は厨房の壁に貼《は》り付けた跳び兎解剖図に釘付《くぎづ》けだ。

計測した腐敗時間と体重の相関グラフや普通の兎との相違点を記したスケッチブックを手に取って捲《めく》り、ぶつぶつ言いながら熱心に内容を熟読するセフィは読み進めるうちにふっと微笑《ほほえ》んだ。

何？　どうした？

「え、そんな面白《おもしろ》い事書いたっけか？」

「ああいえ違うんです。ただ、余白にウカノちゃんが心配だとか、もっとしてやれる事はないかとか、そういう事が書いてあったから。愛されてるなぁ、って思って」

「ああ。ウカノは目に入れても痛くない自慢の……店員だよ」

「私は娘って呼んであげたらウカノちゃん喜ぶと思いますけどね」

「……んー、まあ追い追い、そのうちな」

俺は察しの良いセフィを曖昧に誤魔化《ごまか》した。

いくら俺が娘のように思っていても、ウカノにとっては居候《いそうろう》している家のおっちゃんだ。下宿先のおっちゃんが急に娘呼ばわりしてきたら怖いだろ。キモ過ぎドン引き案件だぞ。

心の中だけにしとくのが吉。

セフィは厨房を一通り興味深そうに見学した後、二階で安静にしているウカノを見舞って帰っていった。

二人は酒場で会う機会が多く、姉妹ぐらいの年齢差というのも手伝ってけっこう仲がいい。

また二人が一緒に遊べるようにするためにも俺が頑張《がんば》らなければ。

頑張った先に成功が待っている確証などどこにも無かったが、弛《たゆ》まぬ検証と手技の錬磨が実を結び、合計十一羽の解体を経てやっと神経締めを習得した。

俺はずっと昔から多くの人々が挑み、挫折してきた偉業を成し遂げたのだ。

誇らしさがこみ上げたがそれ以上に安堵《あんど》があった。

これで滅多におねだりしないウカノのささやかなお願いをようやく叶《かな》えてやれる。

神経締めをした跳ね兎は俺の推測通り、腐らなかった。

一時間が過ぎると流石《さすが》に事切れてそこから一気に腐敗が始まったのだが、一時間腐らなければ十分食える。

成功しても腐敗が少し遅れる程度と思っていたから嬉《うれ》しい誤算だ。

モンスターは普通の動物よりしぶといから、そのせいかも知れない。

十二羽目の跳ね兎を生きたまま解体し、取り出した数塊の肉をまな板の上に置く。

肩肉、あばら肉（リブロース）、モモ肉、ヒレ肉の四種類だ。

ただでさえ兎は小さく採れる肉が少ないのに、生かしたまま捌く関係上切り取れない肉もあり、ヒレ肉などはほんの二口分ぐらいしかない。少しも無駄《むだ》にせずありがたくいただきたい。

曲芸じみた奇天烈《きてれつ》調理は済んだから、ここからは一番肉を活《い》かせる王道の調理をする。

筋肉質で赤身が多い肩肉は煮込む。

大きな筋だけ包丁《ほうちょう》で断《ことわ》ったら乱切りにした香味《こうみ》野菜と一緒に圧力鍋《なべ》に投入。

しっかりした硬めの肉は煮崩れせず、鍋を開けると驚くほど軟らかく仕上がった。

脂身が多く柔らかいあばら肉はステーキにする。

脂身と赤身が十分な旨味を持っているから、両面に塩を振ってミディアムレアに焼くだけで食欲を直撃する肉の香りが立ち昇る最高のステーキになった。

一番量がとれたモモ肉はキメ細かな赤身で、比較的淡白な味をしている。

水分が少なくパサつきやすいので、逆に燻《いぶ》して水分を飛ばしてしまい、味を凝縮したジャーキーに加工した。

一番量の少ない最高級部位、ヒレ肉は思い切って高価な油を惜《お》しみなく使いヒレカツにした。

刺身にできそうなぐらいしっとり柔らかくて旨《うま》そうだったが、流石に生は危ない。

ザクザクの衣をまとった厚いヒレカツは肉と脂の暴力で全てをなぎ倒す風格がある。

四部位を四種類の調理法で調理しているうちにかなり時間が経《た》ち、食べる前に兎本体が死亡してしまって焦《あせ》ったが、なんと兎が死んでも調理中の肉は腐らなかった。

一度生きたまま解体し調理までしてしまえば本体が死んでも切り出した肉は腐らないらしい。

これは嬉しい発見だ。食べたところで胃の中で一気に腐って土になったら腹壊すからな。

で、問題は味。幻と言われた霞肉の味はいかほどで？

臭くて食えたもんじゃないとか、味がしない恐れも十分ある……


調理された跳ね兎の霞肉の見た目は普通の兎肉と変わらなかった。

が、見た目以上に旨い！　ステーキも煮込み肉もジャーキーもヒレカツも、全て文句《もんく》なしに旨い。

これぞジビエって感じのワイルドで食べて楽しい味わいだった。

面白いのは肉に果物《くだもの》の風味とナッツ系の香ばしさが見え隠れする事だ。

さてはこの兎、石胡桃《いしくるみ》と糞桃《くそもも》食ってるな？

他にも何種類か味が混ざっているようだが流石に分からない。

獣臭さはハーブで十分取れる範疇《はんちゅう》。

そのままでも気にならない人や、むしろこれが良いと言う人もいるだろう。

霞肉は最高の食材じゃない。だが俺は最高の調理を成し遂げた。


俺は思案し、ウカノには一番軟らかく噛みやすかった煮込み肉を出す事にした。

ただし肉に素で果物とナッツの風味がついているから、香りの強い香味野菜を加えるとせっかくの風味を隠してしまう。

香味野菜の代わりにワインで煮込めば酸味が利いて香りと味のバランスがとれ食べやすくなるだろう。

俺は早速跳ね兎の霞肉をワインで軟らかく煮込んだワイン煮を作り、病床のウカノへ持って行った。

部屋の扉を開けると、ウカノはばっちり目を覚まし、鼻をすんすんさせそわそわしていた。

「それ、食べたい！」

俺が何か言う前に、ウカノは目を輝かせ前のめりに言った。

俺は微笑み、スプーンを添えて食欲を刺激してやまない香りと温かな湯気漂うワイン煮をウカノに差し出した。

「熱いから気を付けてな。おかわりもあるぞ」

ウカノは勢い込んで肉をかき込もうとして、ハッとして止まり一度皿を置いた。

そして合掌し、目を閉じて真摯に言う。

「いただきます」

その言葉はきっと俺の真似《まね》っこをしたのだろうけど、確かに無上の感謝が込められていた。

人間にはない濃い青色の髪と不思議な角を持つ少女のその姿はまるで神の祈りのようだ。

だが息を呑むような神秘的な雰囲気は一瞬で消え、欠食児童が表に出る。

ウカノは一口食べ「おいしい……」と呟《つぶや》くなり、夢中で肉を貪《むさぼ》った。

一皿二皿三皿と空の皿が積み上がる。俺はせっせと料理を作る。

硬い肉も食べられそうだったので、兎ステーキ、野菜炒め、肉詰めパイ、ローストビーフと、ウカノが飽きずにおいしく食べられるよう工夫を凝らす。

ウカノはどの料理も本当においしそうに、皿まで食べる勢いでガツガツ食べてくれた。

数年何も食べていなかったようなすんごい食いっぷりを見せたウカノだったが、流石に七羽分も平らげると満腹になったらしい。

お腹《なか》はすっかり丸くなり、幸せそうな顔は健康に紅潮している。

「腹いっぱいになったか？」

「うん。もうお腹いっぱい。おいしかった！」

「そりゃよかった。今日はゆっくり眠りな」

体調を崩してからしなしなと垂れ下がっていた尻尾が元気にゆらゆら動いているのを見て安心す

る。もう大丈夫そうだ。

俺は皿を持って部屋を出ようとしたのだが、服の裾《すそ》をウカノに掴まれて立ち止まる。

見ると、ウカノは何か言いたそうにモジモジしていた。

なんだろう。

実はまだ食いたいとかだったら、もう跳ね兎の在庫がないから明日の仕入れを待ってもらわなきゃならんが。

「あの、あのね……」

言い淀《よど》むウカノの前にしゃがみ込み耳を寄せると、口を耳に寄せて恥ずかしそうにコソッと言った。

「ありがとう、おとうさん」

## 迷宮食材名鑑 No.4

# 霞肉

かすみにく

迷宮で採れるモンスター肉の総称。上層の霞肉は跳び兎が代表的。

生きているモンスターに噛みつけば誰でも簡単に食べられるが、それはモンスターの反撃を受けながら血肉を啜る蛮行である。

生け捕りモンスターはヨイシの酒場に持って行くと肉に加工してくれる他、買い取りもしてくれる。値段はそれなり。モンスターの種類によっては加工や買い取りを拒否されるので注意。

跳び兎は霞肉の中では淡白寄りの味わいだが、複雑で奥深い独特の野性味がある。

何より冒険者に喜ばれるのは、携行のため燻製肉にしても柔らかさと味がほとんど変わらない事だ。ゆえに他の燻製肉とは一線を画す。

ヨイシの迷宮料理は冒険中「女神の涙」以外で疲労値を回復する唯一の手段である。

冒険出発前に「肉持った?」の確認を忘れないようにしよう。

冒険者酒場の料理人

# 五品目
# 水ぶどう

鳴り物入りで酒場の新メニュー入りした霞肉《かすみにく》は、酒場の人気ナンバーワンの座を骨魚《ほねざかな》から瞬《またた》く間にかっさらった。

やっぱ肉よ、肉！

ステーキ、グリル、ソテー、ロースト、どんな調理をしても旨《うま》い。

肉は肉というだけで尊《とうと》く偉いからな。

ちなみにウカノのお気に入りはワイン煮。

燻製《くんせい》も好評だ。霞肉燻製のサンドイッチはテイクアウト用にあまりにも注文が多いため、予約制度まで導入してしまった。

金物屋に発注した大型燻製機は常時フル稼働である。

霞肉登場までは冒険中に食べる肉といえば塩辛く革のように硬い干し肉だった。

ところが燻製霞肉は軟《やわ》らかく、適度な塩気でおいしい。

一度食べたら戻れないと嬉《うれ》しい悲鳴が上がっている。

しかし霞肉の登場には悪い面もある。

霞肉の需要を満たすため、俺《おれ》は常に生け捕《ど》りモンスターにそこそこ良い値をつけて買い取っているのだが、新人冒険者が跳び兎《うさぎ》を無理に生け捕りしようとして無駄《むだ》な負傷をする事例が頻発した。

冒険者ギルドは事態を重く受け止め、近々意図的な生け捕り行為を免許制にする動きがある。

俺にも注意喚起をしてくれとの要請がきた。

まったく冒険者の食いしん坊には困ったもんだぜ。

あと、跳び兎の肉が旨いなら、と、中型〜大型モンスターを頑張《がんば》って生け捕りにして持ち帰ってくる冒険者が稀《まれ》にいる。

魔法と縄でガチガチに拘束された牛モンスターが五人がかりで担《かつ》ぎ込まれてきた時は腰を抜かした。

牛の霞肉は大好評で、かなり強気の価格設定にもかかわらず一瞬で売り切れた。

が、運び込んだ冒険者グループは迷宮をクッソでかいお荷物担いでモンスターに襲われながらえっちらおっちらのたのた帰ってきたわけで。

負傷しまくるわ、時間かかるわ、消耗品減るわ武具は修理に出さなきゃならんわ。

そりゃもう大変だったらしい。俺も解体大変だったよ。

中型〜大型モンスターの生け捕りはあんま現実的じゃない。

よっぽど余裕が無ければあまりにリスキーだ。

普通にやれば勝てるモンスターを無理に生け捕りしようとして命を落としたら悔《く》やんでも悔やみきれないだろ。

いつものように霞肉の新発売と入れ違いに冒険酒の製法は一般公開した。

せしめた情報料や技術伝授料は冒険者ギルドに寄付して、モンスター生け捕り講習に役立ててもらった。

冒険者はモンスター生け捕りに力を入れている。

生け捕りされたモンスターをさばくのは料理人の仕事だから、必然的に俺も力を入れなきゃならん。

毎日運び込まれる生け捕りモンスターの解体にてんてこ舞いになり、ウカノに石胡桃《いしくるみ》の仕込みを全面的に任せたがまだ忙しい。

そこで解体効率化のためにまた金物屋を訪ねる事にした。

困った時は金物屋だ。金物屋の親方・ドグドグは器用になんでも作ってくれる。

人と馬車の往来《おうらい》で踏み固められた土の道の端にしぶとく生える雑草《ざっそう》を足癖《あしくせ》で刈りながらプラプラ歩き、大通り沿いにある金物屋を訪ねると今日も工房からトンカン音が聞こえる。

勝手知ったる金物屋、店番の番頭さんに軽く挨拶《あいさつ》して奥に行けば、工房のごうごう燃え盛る炉《いろり》の前でドグドグが穴あき鍋《なべ》の補修をしているところだった。

俺は邪魔《じゃま》をしないよう隅っこの火魔石入り木箱に腰かけて仕事が終わるまで眺める。

ドグドグとは今は亡き爺《じい》さんの紹介で知り合い、以来よく世話になっている。

豊かな白髭《しらひげ》を蓄《たくわ》えたちっちゃな爺さんで、長年の鍛冶《かじ》仕事の煙と火花でやられた目は仕事人の証。

ずんぐりした体格はファンタジーなドワーフ族を思い起こさせる。が、ドグドグは普通の人間だ。

昔冒険者をやっていて、ミノタウロスに脳天からぺしゃんこにされて背が縮んだのだそうだ。

ギャグ漫画みたいな逸話《いつわ》だが、ドグドグが言うなら実話なのだろう。

俺だったら即死だ。爺さんも沸騰《ふっとう》する大鍋に入って湯治《とうじ》とかほざいてたし、冒険者上がりのジジイはどいつもこいつもいつも人間離れしてやがるぜ。

汗だくでハンマーを振るっていたドグドグは最後にヤットコで鍋を水に突っ込んで焼き入れをし、

すぐに上げてじろじろ出来を確かめ満足気に僅《わず》かに口の端を歪《ゆが》める。

それからヤカンの水を豪快にあおって一息つき、ようやく俺に気付いた。

「おうヨイシ。今日はどうした？　研ぎか？」

「お疲れ。包丁《ほうちょう》はまだ大丈夫。最高の切れ味だよ」

「そうだろうそうだろう。しっかしなあ。野郎はあれを自分の墓に入れてくれと言うと思っとったんだが、店ごと後継ぎに譲るたぁな。大事に使えよ……で、包丁じゃねぇならなんだ？　またぞろ変なモン打てって話か」

「そーなんだよ。作ってほしいのがあってさあ」

俺はのっそり立ち上がろうとしたドグドグを手で制し、彼の前まで行って胡坐《あぐら》をかいて座り金床の上に図面を広げて見せた。ドグドグは白髭を撫《な》でながら興味深そうに図面を覗《のぞ》き込む。

「これ。こういうやつ。吊《つ》り鉤《かぎ》っていうんだけど、釣りに使う釣り針あるじゃんか。アレのデカいやつ」

「ほぉん。こんなモン何に使うんだ。料理か」

「そう。最近噂《うわさ》の霞肉って知ってるか」

「ああ……ウチの若いのがお前の酒場で食ったたっつってたな。ずいぶん旨いらしいじゃねぇか」

「そうなんだよ。その霞肉を捌《さば》くのにコイツが欲しいわけ。モンスターをこの吊り鉤に引っかけてぶら下げて、血抜きしながら包丁入れて捌くんだ」

説明をするとドグドグは珍生物を見る目を俺に向けてきた。

なんだよ。なんも変な事ねーだろ。

茨城《いばらぎ》名物アンコウの吊るし切りを知らんのか？

……知らんか。

「普通にまな板の上で切ったらいかんのか」

「モンスターは体の構造イカれてるから。吊り下げて、こう、立体的に刃を入れるっつーのかね。とにかく吊るし切りが一番早いんだよ」

「そうか。ま、いいだろう。打ってやる。そんでカネはどんだけ出すんだ。また良い鉄使うなら値が張るぜ」

俺は懐《ふところ》から金を入れた巾着をドグドグに渡した。現金一括払いだ。

ドグドグは金に見合うだけの仕事をキッチリしてくれるから信用できる。

「予算はこんなもんで」

ドグドグは受け取った巾着を軽く投げて重さと音を確かめ、ニヤッと笑った。

「オメー儲《もう》かってんな？」

「おかげ様で。新型のクルミ割り機はほんと助かってる」

改良した新型の胡桃割り機はいっぺんに八つも割れる優れモノだ。

あの楽ちんを知ると一個ずつちまちま割っていたあの頃にはもう戻れない。

嘘《うそ》偽りなくウチの売り上げの数割は金物屋あってこそだ。

いくら新料理を開発しても、おいしく料理しても、調理器具が無ければ注文に調理速度が追いつかない。

ありがたい限りである。ジジイ、長生きしろよ！

「よし。そんな難しい仕事でもねぇからな。急ぎの仕事二つ三つ片付けて……明後日にゃあ仕上げてやる。そんで、ヨイシお前今日は飲んでくだろ？　いい酒手に入れたんだぜ」

ドグドグは俺の肩に腕を回そうとして届かず、脇腹《わきばら》をがっしり掴《つか》んできた。

「おお、いいね。あんま遅くまでは飲めないけど。店開けるし、娘いるし」

「おっしゃ。カアさーん‼　今日はしまいだ‼　ヨイシの分と二人分、飯頼むわ‼」

ドグドグは母屋《おもや》に向けて耳をつんざくクソデカ声で叫《さけ》ぶと、いそいそ俺を地下の酒蔵に引っ張っていった。元気なジジイだ。

それから少しして、俺は金物屋の居間でテーブルを囲んでいた。

とはいっても奥さんは料理を出してから「ウチの人がすみませんねぇ」と俺に申し訳なさそうに頭を下げて下がってしまったから二人しかいない。

ちっさい椅子《いす》に腰かけちっさい足を投げ出したドグドグは古式ゆかしい獣の角で作った角杯にワインをなみなみと注《そそ》ぎ俺に寄こした。

「ほんじゃ、乾杯！　旨い飯と良い鉄に！」

「旨い飯と良い鉄に」

角杯が揺れて中身がこぼれるぐらい勢いよく乾杯して、グイッと酒精を喉《のど》に流し込む。

口に広がるブドウの渋《しぶ》みと甘み、喉に通り抜け胃にじわりと広がる熱さ。うむ、美味《うま》い！

酒は古今東西、地球でも異世界でも常に美味い。

あのエジプトの古代遺産・ピラミッドにも石工の「仕事上がりのビールは最高」って落書きがあったぐらいだからな。不味《まず》いわけねぇのよ。

「くうぅ……たまんねぇな？　へっへ、ヨイシがだいぶん儲けさしてくれたからな。朝市でワインめっけた時は迷わず財布《さいふ》空にしたぜ。カミさんに怒られる価値ある酒だぜコイツは」

ドグドグは嬉しそうにツマミの石胡桃に手を伸ばした。

今回の酒のアテは定番の野菜の酢漬けと干し肉に加えて石胡桃だ。

この街は迷宮の魔性の影響で土地が痩《や》せているから、作物の生育が悪い。

必然的に食料は他の街からの輸入が多くなる。

そして未《いま》だ馬車が輸送の主役だから（飛竜便もあるがクソ高い）、野菜は馬車でガタゴト時間をかけて運んでいる途中に痛んでしまう。

だから少しでも保存性を高め野菜の劣化を誤魔化《ごまか》すために酢漬けに加工されるわけだ。

言わずもがな、肉も保存が利く干し肉か塩漬け肉に加工されて街に入ってくる。

鮮度のある野菜なんて芋《いも》ぐらいだろう。

こういった食材は決して美味くはないが、まあ毎日食べても許せるかな、ぐらいの味だ。

美味い食い物より保存が利いて腹持ちが良い食い物が優先だから、どうしても流通する食材の種類は限られる。

必然、飯は毎食似たり寄ったりになり、生まれた時から作業のようにバリエーションの少ない飯を食って育った奴《やつ》は食道楽をしようとしない。

美味い飯出せば喜んでくれるんだけどね。

その点ドグドグはまあまあ稼いでいて金があり、他の地域に旅をして現地料理を楽しんだ経験もあるから、こうして酒の目利《めき》きをして珍しい良い食べ物を味わう高尚な趣味をもっている。

たぶん俺の影響もあるだろうけど。

ドグドグと俺は高値で仕入れた貴重なワインとツマミを楽しみながら雑談に花を咲かせた。

魔織りのとこのドラ息子がまた変な女に引っかかっただの、冥界《めいかい》迷宮で発見された無限に酒が湧《わ》き出《で》る水袋の天井《てんじょう》知らずな競《せ》り値だの、海嶺迷宮で採れる深海の水圧で精錬された魔法金属の加工法だの、隣町からわざわざ迷宮料理を食べに来たのに財布をスられた健啖《けんたん》家の苦労話だの。なんだのかんだの。

冒険者酒場やってて良い事の一つは話のタネが無限に入ってくるとこだよな。

無論、言いふらしたらダメな話も聞いてしまうので口のチャックを確かめつつ話す事になるのだが。

飯と酒と四方山《よもやま》話を十分楽しみ、教会の鐘も夕暮れを告げ、そろそろお開きムードになったところで俺はふと思い立って聞いてみた。

「なあ、また迷宮料理を開発しようと思ってるんだけど。次はどんなのが良いかな」

「ああん?」

ワインの空瓶《びん》を小脇《こわき》に抱え、顔を真《ま》っ赤《か》にして酔っ払ったドグドグは胡乱《うろん》な声を上げた。

クルミ、魚、酒、肉ときて、俺の酒場は相当酒場らしくなった。

メインディッシュとツマミと酒があれば馬鹿騒《ばかさわ》ぎできるのが命知らずな冒険者という人種だ。

だが今のメニューは最低限でしかない。

酒場にあって当然の食い物があるだけだ。

もっともっとバリエーションを増やし、その日の気分や懐事情に対応できる旨い飯を出したい。

ドグドグは頭をふらふらさせながら即答した。

「そりゃオメー、酒だろ。酒場なんだからよ」

「ああうん、まあそうなんだけど。酒はもう冒険酒あるからなあ。何か他の、」

「馬鹿《ばか》野郎ッ！！！　ヨイシはなーんも分かっちゃいねぇ！　ケツの青いガキがよ……！」

迂闊《うかつ》に返した正論は据わった目で遮《さえぎ》られる。俺は思わず背筋を正した。

するとドグドグは滔々《とうとう》と持論をぶち上げた。

「いいか？　酒だ。酒がありゃいいんだよ。酒場だろうが？　だってよ、客はみーんな酒呑みに来てんだよ。な？　酒を最高に旨く呑《の》むために飯も頼んでんだ。酒が第一！　それがお前、お前ンとこの店はエールと、火酒と、冒険酒しかねぇだろが？　足りねぇな。全ッ然足りねぇ。エールも悪かねぇが、ありゃ口がベタついていかん。火酒は儂《わし》には強すぎる。冒険酒は甘いのが好かん。コイツが、ワインが一等よ。そうだ、お前ワイン作れ。料理人だろうが？　い〜いワインを毎日飲ましてくれや……ワイン……ワインを……」

ひとしきり酔っ払いの戯言《たわごと》を吐き散らかしたドグドグはコテンと顔面をテーブルにぶつけ、そのままライオンのような豪快ないびきをかき始めた。

寝ちゃったよ。

俺は起こさないようにそっと毛布をかけてやり、散らかったテーブルの食器をまとめて流しに置くだけ置いてお暇《いとま》した。


大通りを酒場に向かって帰る道すがら、アルコールの回った頭で考える。

ドグドグの言い分には一理ある。

確かに三種類しか酒が無い酒場ってどうなんだろう。

ウチで出している酒はまず一つ目がエールビール。

一番ポピュラーな庶民の酒で、度数控えめ。

穀物から醸造されたエールはコクがあり、仄《ほの》かにフルーティーな香りがする。

ただ飲兵衛《のんべえ》の指摘通り飲むと口がベタつき、喉越しもなんだかもったりしている。量があってナンボの安酒だ。

二つ目は火酒《スピリッツ》。ビールを蒸留して作られた度数の高い酒だ。

蒸留の過程で香りやコクがほとんど飛んで無くなってしまっている。が、逆にクセが無い。

ドライで荒々しい喉を焼く酒精を好む酒飲みは多い。ビールと比べて多少値が張る。

三つ目は俺開発の冒険酒。火酒に糞桃《くそもも》の皮と種を漬けたリキュールだ。

甘く香り高い冒険酒は度数の高さを感じさせない飲みやすさで、若者や女性を中心に人気が高い。

浮足立つような独特の酩酊《めいてい》感もマル。

一方で、ドグドグのような歳《とし》を食った奴には不評傾向。

そこに来てワイン。ワインか。むむむ。悪くない。

ワインは遠方からたまに運ばれてくる高級品で、とてもじゃないが大衆酒場で出せる代物じゃない。

一本いくらすると思ってんだ。ウチの酒場の半月分の稼ぎが吹っ飛ぶぞ。マジ高い。

しかしそれをなんとかして安く提供できれば酒場としてこれ以上の事はない。

たしか迷宮上層でブドウみたいなのが採れたはず。そういう話を小耳に挟んだ記憶がある。

市場でそのブドウを見かけないって事は、何かしら食用にできない理由があるんだろうけど。

そこは俺の腕の見せ所だ。

俺は次の迷宮料理をブドウを使ったワインに決め、閉め切られた酒場の前にたむろして文句《もんく》を言っている冒険者をどかして店を開いた。

本日もヨイシの冒険者酒場、開店です。


扉が開いた途端に冒険者たちはドッとなだれ込み、お気に入りの席を我先に確保していった。

手持ち無沙汰《ぶさた》にカウンターに飾られた大鹿《おおじか》の角と角の突き合いっこをしていたウカノはさっとエプロンをつけて注文取りに回る。

可愛《かわい》くて賢い看板娘がてんで好き勝手に叫ばれる注文を上手《うま》く管理してくれるおかげで、俺は料理に集中できるのだ。コンビネーション！

注文の第一陣をさばき切ったあたりで扉が開き、すっかり馴染《なじ》みの常連になった二人組の冒険者が入ってきた。ユグドラとセフィだ。待ってたぜ。

カウンター端の定位置に座った二人に手付けの冒険酒を出しながらまずは話を聞く。

「よう。冒険は順調みたいだな？」

「あ、分かります？　最近は装備じゃなくて剣技と魔法を磨《みが》こうって相談してて」

「いいんじゃないか？　なんかこう、歩き方とか冒険者っぽくなってきてるし」

具体的にどこがどう違うのか戦闘からっきしな俺には説明できないが、冒険者は立ち振る舞いが一般人と違う。

歩いているだけで「あ、勝てねーな」と分かる強者《つわもの》感があるのだ。

二人には早くもそういった雰囲気の片鱗《へんりん》が見える。

褒《ほ》められて照れるユグドラの横で、セフィは冒険酒を呷《あお》りながらメニュー表と睨《にら》めっこしている。

「今日何食べよっかな。ユグは何にする？」

「昼に肉と魚食べたし……ヨイシさん、何かオススメあります？」

「今朝霞肉と香味《こうみ》野菜のいいのが入ったから角煮作ったんだ。どうだ？」

「じゃあそれで。骨せんべいも」

「私も同じのをお願いします。あとクルミも」

骨魚の軟骨を炙《あぶ》った骨せんべいとクルミを出し、角煮を仕上げのひと煮立ちさせながら俺は話を切り出した。

「なあ、迷宮でブドウが採れるって話を聞いた事があるんだが。ホントか？」

「ブドウ……水ぶどうの事ですか？」

「たぶんそれだ」

「水ぶどうなら丁度今僕たちが攻略してるあたりに生えてますよ」

「おっ」

渡りに舟～！　この二人はいつだってタイミングがいいんだから。

「その水ぶどうってどんなのだ？　食えるのか？」

俺が突っ込んで話を聞くと、セフィがジョッキを置いて口を拭《ぬぐ》い詳しく教えてくれた。

「水ぶどうはですね、ユグも言いましたけど迷宮上層の中盤に生えてるブドウです。紫色の皮のぶどうで、大きさはこれくらい」

そう言ってセフィは両手を軽く広げた。

待って、デカくね？　それ本当にブドウ？　化け物ブドウじゃん。

「これがひと房《ふさ》。一粒は握りこぶしぐらいですね。食べられるのかですけど、食べるというより『飲む』です。水ぶどうはですね、水っぽいというか、ほとんど水なんですよ。確かにうっすらぶどうの味がしなくもないんですけどね？　私たち冒険者は攻略の途中で水筒に水を足したり、汚れを洗い流したりするために使ってます」

「ほー。それだけ聞くと煮詰めればジュースとかワインとか造れそうだな」

流石《さすが》にこの程度の事は俺以外の料理人がとっくの昔に試しているだろうと思いつつ、言うだけ言ってみる。何か調理を阻《はば》む理由がありそうだ。

「ところがですよ。水ぶどうは加熱すると毒に変わっちゃうんです。だから煮詰めるのは無理ですね」

「なるほどね……ほい角煮。熱いから気を付けてな。お好みで酢をちょい足ししても旨いぞ。それで、その毒は解毒したりできないのか」

「それも無理です。呪毒《じゅどく》なので。高位の魔法使いがいればまあ。でも少なくとも私では解毒できません」

めんどくせぇーっ！　ダルい性質持ってやがる。迷宮食材は全部そうだけど。

デカくて味の薄いブドウなら煮詰めればワインの原液になる。

しかし煮詰めると毒になり、解毒できない。じゃあ無理じゃん。

むむむ、この無理をどうやって解決するか。難しい問題だ。

それにしても、

「なんか詳しいな？」

「セフィはですね、採ってきた水ぶどうを天日干《てんぴぼ》しして食べようとしてカビさせちゃった事がむごごごご」

セフィは口を挟んできたユグドラの口に角煮を突っ込んで黙らせた。

「ユグ静かに。いや違うんですよ、あれは後で飲もうと思って窓際に置き忘れただけで。あんなにカビやすいとは思わなくて」

天日干しで縮ませるのもダメって事ね。それはどう攻略したものか。

頭の中の引き出しをひっくり返し使えそうな調理法を探しながら、俺は二人に水ぶどうの調達を依頼する。二人は快く受け入れてくれた。

セフィとユグドラは依頼受注から納品までが早いから頼みやすい。

デキる奴らだよ、この二人は。

若く有望な少年少女はほどほどに酒と飯を楽しんで宿に帰っていった。

残ったのは酒癖の悪い荒くれ冒険者ばかり。

俺の料理を旨そうにかっ喰《く》らってくれるのは嬉しいんだけど、食べカスで床を汚すのはできるだけやめてくれな。

あと腕相撲でテーブル破壊するのもやめてくれ。

皿を楽器代わりに叩《たた》いて遊んだ挙句《あげく》懐に入れて持ち帰ろうとするのもやめろ。

ウチの酒場で三股の修羅場《しゅらば》はじめるのもやめろや！　他の奴らも口笛吹いてんじゃねーぞ。

こいつら絶対行儀を生贄《いけにえ》にして強さを手に入れてるだろ。

これでウカノが睨みを利《き》かせているおかげで大人しくなってるんだから、爺さんが逝《い》ってウカノが来るまでの間の俺はよくやってたよ。自分を褒めてやりたい。


さて。

一夜明けて翌日、今日も今日とて店を開け、ガラの悪い冒険者を飯で手なずけ、流れの吟遊詩人にチップを弾《はず》んで数曲披露してもらい、勝手にカウンター裏に入ってきて絡《から》み酒を始めた泥酔常連客をあしらい、真夜中過ぎに帳簿を付けて本日も店じまいと相成る。

いつもならウカノのお手伝い貯金箱に硬貨を一枚入れてやってから寝るところだが、今日は俺が新商品の開発を始めるという事で、ウカノは眠そうな目をこすりこすり厨房《ちゅうぼう》の端で尻尾《しっぽ》を揺らし俺のやる事を見ている。

大きな籠《かご》にデンと入っているのはユグドラ&セフィが早速採ってきてくれた水ぶどうだ。

セフィも言っていたが、実際に見ると本当にデカい。

握りこぶし大の粒は触ると案外皮が薄く、膨らんだ水風船のようで、反対側の景色が透けて見える。数えると八十八粒でひと房を作っていた。

まずは冒険者にならって一粒もぎとり、ナイフで穴を開けコップにギュッと搾ってみる。

搾られた果汁は透明で、鼻を近づけると微妙にブドウの香りがするようなしないような。

俺はブドウ水を一杯飲んだ後、指をくわえてじーっと見ていたウカノにも搾って飲ませてやる。

一気に飲み、少しだけ口をもにょもにょさせたウカノの感想は端的だった。

「水」

「だよな」

ほとんどただの水だった。

確かにほんのり果実風味ではある。だが水だ。

これをブドウジュースですと言って出すのは無理がある。ワインはもっと無理がある。

ワインはブドウから造られる酒だ。

ブドウの糖分が酵母の働きで発酵しアルコールに変えられる。

高級品になると発酵の後に樽《たる》に詰めて熟成する工程が入る。

なんか樽に使った木材の香りがワインに移っていい感じになるらしい。

日本じゃ2Lいくらのお買い得ワインしか飲んでなかったから高級ワインについてはあんまり知らん。

安かろうが高かろうが重要なのは糖分を発酵させる工程だ。

こんな甘いのかどうか分からんぐらい薄い糖分では発酵なんて起こらない。

よしんば起きても水みたいなブドウ水が水みたいなワインになるだけだ。

この水同然のブドウをなんとかして濃くしてやらなきゃならん。

俺はまず皮を齧《かじ》ってみた。

ブドウは果肉だけじゃない。皮には渋みがあるが、甘みもあるはずだ。

しかし水ぶどうの皮は果肉と同じ水同然だった。君、もうちょっと主張していいよ？　控え目すぎる。

皮がダメなら種はどうだろう？　糞桃も種は活用できたぞ。

水ぶどうの種は小さく、こぶし大の一粒の中心に小指の爪《つめ》の先ほどの種が一個あるだけだった。

このゴマ粒みたいな種が育ってこんなクソでかいブドウを実らせるんだからすげーよな。

生命の神秘だ。ではその生命の神秘を一口。

「…………」

「おいしい？」

「木くず醤ったみたいだ」

「そっか……」

俺の率直な感想にウカノは尻尾をへにゃりと垂れ下げた。

まだへこたれる時じゃないぞウカノ。調理は始まったばかりだ。

次は加熱を試してみる。俺はブドウ水を小鍋に入れ、遠火の弱火でじっくり熱してみた。

加熱すると毒になるとは聞いたが、それって何度よ？

毒化温度が90℃とかだったら温度管理にさえ気を付けておけば余裕で煮詰められるぞ。

ところがどっこい、そんな期待はブドウよりも甘かった。

ブドウ水を風呂《ふろ》の温度ぐらいまで上げた時、透明なブドウ水がサッと毒々しい紫色に変わったのだ。

分っかりやす〜い！　毒になったわ。

じゃあ平熱体温でギリ毒化しないぐらいなのか。

それ一番カビとか雑菌が繁殖しやすい温度では？

ただでさえカビやすい水ぶどうをそんな温度にしたらあっという間にダメになるぞ。

……いや待てよ？

そうだ。いっそカビさせてみるってのはどうだろう。

ブルーチーズも鰹節《かつおぶし》もカビさせておいしくなる。カビ＝不味《まず》くなるとは限らない。

たぷたぷの水ぶどうの実をいくつか潰《つぶ》してバットに入れ、窓際に置いて放置する。

これで数日様子を見てみよう。

……それから数日経《た》ち、どうなったか見てみると水っぽいぐちゃぐちゃの中に茶色いカビがもっさり生えていた。思ってた三倍カビたな。不味そう。

俺が試しに一口食べるため小さじでカビをすくうと、掃除する気マンマンで横にいたウカノが愕然《がくぜん》としてたわしと布巾《ふきん》を取り落とした。

「え？　それ食べるの？」

「食べる。ウカノも……食べないか」

ウカノは俺が言い切る前に首をぶんぶん横に振り、ぴゅーっと逃げていってしまった。

分かんないだろ！　納豆だってあんな最悪な見た目してるのにあんなに旨い。

食べ物は見た目で判断してはいけな――――

「不味い!!」

――――やっぱ食べ物は基本見た目で判断だ。

一口食べた瞬間に広がる廃屋を思わせるカビ臭さに一発ノックアウトを決められた。

俺何考えてたんだろ。アホかな？　こんなの不味いに決まってるだろ。

俺はかつて食べ物だったゴミを捨て、口直しに冷やした火酒を飲もうと冷凍庫を開けた。

水魔石で稼働する小型冷凍庫は製氷機一個分のスペースしかなく、専《もっぱ》ら個人的に火酒のロックを楽しむために使っている。あとは時々調理実験にも使う。

氷をグラスに入れようとしたが、製氷機の氷はちょびっとしかなかった。

たっぷり水を入れて凍《こお》らせたはずだが、しばらく使っていなかったから蒸発して減ってしまったようだ。

蒸発して……

………。

待てよ……？

そうだ。これがあった！

「フリーズドライだ！」

降ってわいた名案に躍り上がって喜ぶ。

完璧《かんぺき》な解答を思いついてしまった。俺、やはり天才なのでは？

フリーズドライとは真空凍結乾燥技術の事だ。

水はどんな温度でも蒸発する。高温なら素早く蒸発するし、低温でもじわじわ蒸発する。

氷ですらゆっくりとではあるが蒸発するのだ。

だから製氷機の氷は長い間ほったらかしにしていると蒸発して目減りするし、冷凍庫は凍った食材の水分が蒸発して壁面に張りつき霜の層ができる。

さらに低気圧にすると蒸発速度は上がる。

登山家には馴染みがある現象だが、気圧が低い山の上で湯を沸かそうとすると、まだ１００℃になっていなくても沸騰する。

気圧が低ければ低いほど、低温でも水は素早く蒸発するのだ。

フリーズドライはこの二種類の原理を組み合わせる。

食品を凍結させ、真空状態で水分を飛ばす事で品質劣化を防ぎつつ乾燥させられる。

熱で毒化する水ぶどうのためにあるようなピッタリの調理法だ。

凍らせるのは簡単だ。冷凍庫がある。金を出せばもっと大型の冷凍庫を注文できる。

魔法代行に依頼して氷魔法を使ってもらってもいい。

真空は……真空は無理だが、密閉容器と手動ポンプがあればかなりの低気圧を作れるって中学の頃「楽しい科学実験」で読んだ。

よしよしよし！　なんとかなりそうだ。


俺はアイデアが頭から逃げていかないうちに急いでフリーズドライ装置を図面に起こし、金物屋の工房に走った。

「ドグドグ！！」

「どわぁ!?　なんだぁ？」

工房の扉を蹴破《けやぶ》る勢いで飛び込むと、眠そうに目をしょぼしょぼさせながら針を研いでいたドグドグは跳び上がって驚いた。

「馬鹿野郎！　ヨイシお前今何刻だと思ってんだ？　用があるなら明日に、」

「聞け！　コイツを作れば美味くて安いワインを毎日たらふく飲めるぞ！」

「今すぐそいつを見せろ！　何もたもたしてんだ早くしろ！」

ドグドグは俺が図面を開いて説明すると、かつてない呑《こ》み込みの良さで原理と構造を把握し、職人目線での修正をいくつか加えて腕まくりした。

ちっちゃいジジイの筋肉が盛り上がる……！

「よっしゃ、すぐ打ってやる。そこで待っとけ」

「研いでた針は？　先客があるんじゃ」

「こまい仕事は後回しだ。儂はもっと重大な仕事をせにゃならんからな」

ドグドグは鼻息荒く言い切った。

ジジイのそういうとこ、ちょっとどうかと思うけど好きだよ。

フリーズドライ装置――――ポンプがくっついた業務用冷凍庫のようなものは素《す》晴《ば》らしい手際であれよあれよという間に組み上げられた。

はやい、これが情熱のなせる技か。ワイン飲みたすぎだろ。いや俺も飲みたいけどね？

「水魔石は入れといてやった。向こう一月は動くだろ」

「代金は……」

「ワインができたら真っ先に儂に持ってこい。不味かったら請求してやる」

言外に美味かったら無《ロ》料《ハ》だと気《き》っ風《ぷ》良く宣言したドグドグは、離れで寝ていた若い弟《で》子《し》を叩き起こし、フリーズドライ装置を今すぐ台車で俺の酒場まで運ぶよう言いつけた。

お弟子くんマジごめん。

でも俺が運ぼうとすると絶対途中で疲れて動けなくなるからさ。後で霞肉の上等な部位焼いて奢《おご》るから堪忍。

お弟子くんに店内の厨房まで冷凍庫を運んで設置してもらった俺は、土産《みやげ》に霞肉の干し肉を一袋持たせて見送ってから早速水ぶどうを詰め込んだ。

扉を閉めて水魔石を起動させると冷凍庫が薄っすら水色の燐光《りんこう》を帯びガションｰ……ガション……と低い駆動音を立て始める。

ドグドグが自動的に気圧を下げる機構を仕込んでくれたのだ。

このオマケ機能ってどうなんだろう。

そりゃー自動でやってくれた方が楽だけど、魔石の消耗絶対早くなるよな。

いや、でも時短の方が大切か。

ワンオペクッキング店長は手間を省けるだけ省かないとやってられん。

俺は深夜の物音に起き出し、箒《ほうき》を持って足音を殺し階段を下りてきていたウカノを拾って寝室に戻った。

泥棒が入ってきたと思ったらしい。あぶねぇ、ぶっ飛ばされるとこだった。

とにかくあとは結果を待つのみ。

水ぶどうは最高の食材じゃない。だが俺は最高の調理を成し遂げたのだと信じたい。

それから二十日後、俺は出来上がった新作ワインを手に金物屋を訪ねた。

フリーズドライ冷凍庫は乾燥機能を遺憾なく発揮し、こぶし大の水ぶどうを三日でビー玉サイズにまで乾燥収縮してくれた。

俺はそれをビール屋に持って行き醸造を依頼。で、完成したワインの受け取りが今日だった。

店番の番頭から最近ジジイが上の空で困るという愚痴を聞かされ申し訳なくなりつつ工房に入ると、ドグドグはすぐに気付いて振り返った。

ヤットコを置き、腰を上げずんずん歩いてきて俺が持つワインを穴が空くほど見る。

「来たか、ヨイシ。それが例のヤツだな？」

「おー。お疲れ、これが最初の一本だ。仕事終わったら試飲に付き合ってくれよ」

「終わった。飲むぞ」

「いやどう見てもやりかけ……まあいいや」

スポンサーがそう言うなら是非《ぜひ》も無し。

俺はドグドグが持ってきた角杯にワインを注ぎ、乾杯した。

「乾杯！　神の水に」

「大げさだな。ジジイの生きがいに」

俺は角杯を傾け、赤い宝石のように澄んだワインを口に含んで味わった。

まず飲んだ瞬間に感じたのは爽《さわ》やかな甘さだ。ブドウ本来の甘みが芳醇《ほうじゅん》な香りと共に口いっぱいに広がる。

次に来るのは仄かな渋み。

ほどよい渋みと甘みが交互に舌を刺激して一口だけなのに何度も楽しませてくれる。舌で転がすのが楽しい。

たっぷり味わってから飲み下せば、今度は喉を通り抜ける熱さ。

腹に広がる心地よい熱に浮かされてもう一杯！

今度はツマミと一緒に呑みたくなる。チーズをくれ！

うむ、こいつは良いワインだ。心から言える、これは美味い！

なんなら今まで俺が飲んだワインの中で一番かもしれない。

試作一発目からここまでの出来になるとはちょっと思っていなかった。

醸造家が相当頑張ってくれたらしい。

……たぶん、世の中にはもっと良いワインがあるのだと思う。

最高級選りすぐりのブドウを使い、一流の醸造家が上等な樽で何年も熟成して、そうして造られた珠玉のワインはきっとこのワインよりずっとおいしいのだろう。

だが、今。

俺とドグドグはこのワインこそが至高と信じてやまない。

だってこんなに美味いんだぜ？

これが酒だ。俺たちが造った、庶民でも味わえる冒険者酒場のワインだ。

言葉を交わさなくても分かった。この素晴らしい味と感動を共有できていると分かる。
さっきから見ないフリをしているがドグドグなんてちょっと泣いてる。
俺たちは無言で拳《こぶし》を打ち合わせ、ガッチリ握手《あくしゅ》を交わした。
お互い最高の仕事ができた。後で醸造家にも重ねて付け届けを贈っておかなきゃな。
酒場で出すのが楽しみだ！

## 迷宮食材名鑑 No.5

# 水ぶどう

迷宮上層で採れるぶどう。この巨大なぶどうはたっぷり水を貯え、冒険者は水分補給に利用する。

そのままではただの水筒だが、ヨイシの酒場に持って行くとワインやレーズンに加工してくれる他、買い取りもしてくれる。値段はほどほど。かさばるので採取は余裕がある時に。

ワインはどっしりしたコクと爽やかな甘い香りのバランスが絶妙なミディアムボディ。

レーズンはパンにアクセントとして練り込むとおいしい。

生の水ぶどうは加熱すると呪毒を帯びるが、一度極低温で乾燥加工されると呪毒を生じなくなる。

ヨイシの迷宮料理は冒険中「女神の涙」以外で疲労値を回復する唯一の手段である。

冒険出発前に「ワイン持った？」の確認を忘れないようにしよう。

# 六品目　月果《げっか》

酒場で提供を始めたワインは、最初パチモノだと思われた。

ワインは珍しい高級品だから、市場にはよく偽物が出回る。

本物のワインを赤い色水で薄めた廉価品とか、ワインすら混ざっていないただの色水とか。

一度も本物を飲んだ事が無く、色水＝ワインだと思い込んでいる可哀《かわい》そうな奴《やつ》もいるぐらいだ。

そんな貴重な酒飲みの憧《あこが》れ「ワイン」が酒場でこんなに安く気軽に飲めるわけない。

店長の事だからただの色水は出さないだろうけど、どうせ水で薄めまくってかさ増ししてるか、グラスの底にひと舐《な》め分だけで一杯とか、そんなしょーもないヤツに違いない、と、酒場の客の見解はそんな感じだった。

ところがウチの迷宮ワインは本物だ。

迷宮ワインは冒険者たちに本物の味を知らしめ、安くて美味《うま》くて本格派という評判は口づてに野火のように広がった。

ひょっとしたら広がり過ぎた。

需要が爆増し、一瞬で供給を上回り品薄になってしまったのだ。

酒場なんだから酒を出せ、というドグドグのアドバイスは正しかった。

貴重な高級品というブランドイメージも手伝って冒険者たちはこぞってワインを飲みたがった。

でも品薄だから注文全《すべ》てには応《こた》えられず……

俺《おれ》は今日も酒場のカウンターに詰め寄ってブチ切れる冒険者の圧になんとか耐えつつ詫《わ》びを入れた。

「本当にすまんが、今日の分のワインはさっき売り切れたんだ。代わりに冒険酒安くしとくから」

「ふざけんな！　俺はワイン飲みに来たんだぞ！　ここじゃワインが安く飲めるっつーからわざわざ来たんだ！　ワインを出せ！」

「だからワインは無いんだよ。どうしてもワインがいいなら明日また来てくれれば取り置いとくから。それで手を打ってくれないか」

「テメーッ！　酒場のクセに客に酒を出さねぇつもりか⁉　あぁ⁉　俺が誰《だれ》か分かってんのか？　お？　舐めたらタダじゃすまねぇぞ？　俺は下層冒険者の、」

「脅迫はダメ」

下層冒険者の何なのかは聞こえなかった。

音もなくスッと割り込んできたウカノが尻尾《しっぽ》ではたいてぶっ飛ばしたからだ。

娘に守られる俺情けねぇ〜。でも頼もしい。

常連客はこれぐらいのいざこざにはもう慣れたもので、一撃で気絶し床に伸びた下層冒険者に群がり、腰の巾着の中から硬貨を抜き取り懐《ふところ》をまさぐっていくつかアイテムを奪ってから店の外に放り出した。

武器と防具に手を出さないのは冒険者としての温情か。

酒を飲ませてやれなかったのは悪いが、暴《あば》れられても困るんでね。どんまい。

ワインは何日もかけて乾燥と醸造をしないといけないから、収穫から完成まで合計二十日もかかり、急には入荷量を増やせない。

フリーズドライ冷凍庫の増産も醸造家の酒蔵増築も全然需要に追い付いていない。品薄が解消されるまでまだまだかかりそうだ。

いつも通りの荒っぽい喧噪《けんそう》の中、ユグドラとセフィの二人組はカウンター端の定位置で大人しく飲んでいる。

ユグドラは最初に霞肉《かすみにく》の厚切りステーキを二枚ガツガツ平らげたあと、ツマミとワインを交互にちびちびやっている。

ツマミはワインと同時に新メニューに加わったレーズン。

ブドウの甘さがギュッと濃縮されたしわしわ小粒レーズンは味が濃い。

一粒食べては　ワインを飲み、塩気を利《き》かせたクラッカーで舌をリセット。

そういう洒落《しゃれ》た食べ方をしていたのだが、途中で面倒臭くなったのか小皿にクラッカーをぶちまけて荒く砕き、スプーンでレーズン&クラッカーミックスを美味そうに食い始めた。

なんかカレールーとライスをぐちゃぐちゃに混ぜてから食べるみたいな。

いや食べやすければなんでもいいんだけどね。

一方セフィは……なんだか元気が無いように見えた。

物静かというのとはちょっと違うアンニュイな雰囲気で、さっきから全然減っていないワインを片手に賭《か》け札遊びにアツくなっている他の冒険者たちをぼんやり眺めている。

何かあったんだろうか。

ユグドラにレーズンのお代わりを出しながら小声でコソッと聞いてみる。

「なあ、セフィはどうした？　調子悪いのか」

「あー……なんだか最近懐郷病《ホームシック》の気があるみたいで」

ユグドラもセフィを横目で気にしながら声を潜めて返した。

懐郷病か。

まあそうだよな、まだほんの十五の少女が親元を離れ、故郷から遠く離れた街に上京してきたんだ。

里心が付く事もあろう。逆に今までよく元気にやってたよ。

声を抑えているとはいえ、真横で始まった自分についての話に気付かないってなかなか重症だぞ。

大丈夫なのか。

「一度村に顔を出しに行こうって言ったんですけど、セフィはいいって」

「ユグドラは平気なのか？」

「僕は家族仲があんまりだったから……セフィもいるし。でも、セフィはお兄さんお姉さんとすごく仲が良かったので。一昨日お姉さんが村長に代筆してもらって手紙を送ってきてくれたんです。それで村の暮らしを思い出して懐かしくなったみたいで」

ユグドラ曰《いわ》く、セフィは実家に帰り辛《づら》いらしい。

彼女のお兄さんは結婚して家を継ぎ子供ができ、末っ子のセフィには居場所がない。

もちろん、優しい家族だから実家に帰れば温かく迎えてくれるだろうが、客観的事実として間違いなく邪魔《じゃま》にはなる。

新婚の奥さんにしてみれば自分たちの家に夫の妹が居座るのはいくら人が良くてもモヤモヤするだろう。嫁《とつ》いだお姉さんの方の事情も大体同じだ。

つまり村に居場所がなくなって街に流れて来たって事ね。冒険者あるあるだけど世知辛《せちがら》い。

「ユグドラお前なんか気晴らしに付き合ってやれよ。幼馴染《おさななじみ》なんだろ」

「コッソリ村に行く馬車の手配したりしたんですけどね。すぐバレて『あやさなくていい、私は子供じゃない』って怒られました。それで今は様子見してるんですけどあの調子で」

俺とユグドラは『あの調子』を盗み見る。

セフィはテーブルに腰かけ楽器をつま弾《はじ》く吟遊詩人のバラードを頬杖《ほおづえ》をついて物憂《ものう》げに聞いていた。いつもなら拍手したり帽子《ぼうし》に硬貨入れに行ったりするのに。

うーむ。なんとか慰めてやりたいが、年頃の女の子の扱い方なんて知らん。

ウカノと同じような感じで接すると「子供扱いするな」って怒るんだろ？

じゃあ無理だよそれは。

二人で困っていると、空の食器を下げに来たウカノがセフィの顔を覗《のぞ》き込んで心配そうに聞いた。

「セフィどうしたの？　お腹《なか》痛い？　辛《つら》そうだよ」

「ん。いや、私は大丈夫。心配してくれてありがとね」

「でもセフィの顔、大丈夫じゃないって言ってる。困ってるなら私になんでも言って」

ウカノは小さな胸を張り、なんでも任せろと言わんばかりに真摯な目をまっすぐ向けた。つよい。

しんどそうにしていたセフィは絆《ほだ》されて微笑《ほほえ》み、ウカノの枝角に触らないよう優しく髪を撫《な》でた。

「ウカノちゃんは良い子だね。ありがとう。私は……ちょっと懐かしくなってて」

「懐かしいのが辛いの？」

「うーん。そうだね、ウカノちゃんは急にアレ食べたいなあって思ったりしない？　お父さんが前に作ってくれたお料理が食べたくなったりは？」

「する！　お父さんにそれ言うとね、すぐ作ってくれるよ」

「良いお父さんだね。でも、もしその料理が食べられなかったら？　思い出の料理が心の中にしかなくて、食べられなかったら」

「悲しい……」

「うん。懐かしいのが辛いっていうのはそんな感じだね。でも大丈夫だよ、私ウカノちゃんがお給仕してくれるお酒大好きだから。それが飲めたら悲しさなんて吹っ飛んじゃうよ」

「そう？　へへ、じゃあお酌《しゃく》してあげる。待ってて、新しいお酒持ってくるね」

上手《うま》く乗せられたウカノはいそいそカウンター裏に酒を取りに行った。

ウチの看板娘すごくね？　可愛《かわい》い上に客から悩みをあっさり聞き出したぞ。

もちろんセフィはウカノにかなり噛《か》み砕《くだ》いて話していたし、語られたのが本心の全てでは無いのだろう。

しかし気持ちの一片は垣間見えた。

故郷の料理を懐かしく思い出し、望郷の念に駆られる気持ちなら俺にもよく分かる。

爺《じい》さんに拾われたばかりの頃は日本食が恋しかった。

硬くてボソボソしたパンが口に合わなくて、白飯が食べたくて食べたくて仕方なかった。

俺は二度と故郷の料理を食べられない。それはもう時間をかけて受け入れたから構わない。

俺は旨《うま》い飯を食わせ、旨い飯を広められればそれでいい。

しかしセフィには俺と同じ辛さを味合わせたくない。

幸いセフィの故郷とこの街は道が繋《つな》がっている。

彼女の思い出の味を手繰り寄せる事ぐらい簡単だ。

ここは俺がひと肌脱ごうじゃねえか。これでも食材の仕入れルートは何本も持ってるんだ。


俺はユグドラから二人の故郷の飯について聞き出し、翌日から早速動き出した。

二人の故郷ではパンと芋《いも》、酢漬け野菜を主に食べていたらしい。

この基本食はどこでも変わらないし、この街でも食べられる。

ユグドラ曰く、セフィの思い出の味とは村特産の果物《くだもの》ではないかという話だ。

セフィの実家は果樹を中心に畜産もやっている豪農で、果物にありつく機会が他の村民より多かったらしい。

この世界には特産品を納める形での税制がある。

日本では奈良時代に同じような税（租庸調《そようちょう》）があった。

海辺の村なら魚を、山なら山菜を、平野では野菜や果物を納めるわけだ。

種類に乏《とぼ》しく画一的でバリエーションの無い食生活の中で、数少ない特徴ある特産食材は税としてお上に持っていかれてしまう。

この国で良い物を食べているのは、そうして納められた各地の食材を楽しめる上位1％の王侯貴族だけだ。99％の庶民は毎日毎日貧相《ひんそう》な食生活をしている。

まあそもそもの嗜好《しこう》食品の生産量自体が少ないから、偉い人が特産品を庶民に払い下げるようになっても全然行き渡らないだろうけど。

俺はこの街に旨い飯を広めるだけで精一杯だ。国規模の改善は国がなんとかしてくれるのを祈るしかない。

で、そうしてせっかく作っても税として持っていかれてしまう名産の果実だが、稀《まれ》に豊作だったり、上手く徴税官を誤魔化《ごまか》せたりした時には村民の口にも入る。

それがまた美味いのだそうだ。瑞々《みずみず》しい甘みとシャクッと小気味いい食感が最高なのだとか。甘さだけで言えばレーズンの方が断然上だとユグドラは言ったが、新鮮な果物にかぶりつく楽しみは何にも代えがたい。

セフィがまた食べたいと思うわけだよ。俺だって食べたくなったぐらいだ。

ユグドラから聞き出した果物の名前を昔王都から取り寄せた王国名産名鑑で調べると、どうやらナシに近い果実らしいと分かった。

ナシという名前の果物ではないが、記された見た目と味の特徴がナシによく似ている。

そしてその収穫期は今日から数えてちょうど半年後だと記されていた。

最悪！　一番手に入りにくい時期だ。半年も待ってたらセフィがまいっちまうよ。

しかし一応ダメ元で仕入れルートも当たってみる。

何かの間違いで入荷していないかと馴染《なじ》みの行商人を捕まえて尋ねると、耳よりの情報をくれた。

「その果物は仕入れられんが。旦那は月果《げっか》ってのを知ってるかい？」

「月果？　聞いた事ないな。なんだそれ」

「話を聞いた限りじゃ旦那がお求めの品に近い。どうだい？　要るかい？」

「要る要る！　どこで手に入る？」

「………」

行商人は無言でニコニコ笑って答えない。

しゃーない。俺はさっさと降参し、一番高い木彫り細工の大皿を買った。

「まいど！　いやあ、旦那は気前が良くて助かるよ。月果ってのはこの街の迷宮中層終盤で採れる果物だ。俺も一度だけ食ったが、そりゃもう旨かった。その冒険者も満足する事請け合いだ」

「ほー。でもどうせ簡単に食えない厄介な欠点あるんだろ？」

「察しが良いね。実は月果は収穫直後は硬くて味がしない。日陰にしばらく置いて完熟させて食うんだが、その時期が厄介でなぁ」

「時期？」

「そう。月果は満月の日になると一気に実が腐《くさ》って、種から芽を出して木になっちまうんだ。そうなりゃあ食えん。だから時期を見て収穫しなきゃいけないんだが、満月の次の日に収穫して、満月の前の日まで一月熟させても完熟するかは運次第。月果は熟さなけりゃ食えたもんじゃないから、まあ月果が食えるのは時期と運に恵まれた奴だけってわけだな」

つまり話をまとめるとだ。

熟さないと食べられないのに、熟すまでめちゃ時間がかかる。

その上、熟すかどうかは運次第。そういう話か。

「そりゃまずいな」

「そうかい?」

俺は運に自信がない。

たまにドグドグと札遊びをするといつもボコボコにされる。

富くじ(宝くじ)だって当たった例《ため》しがないぞ。

「まあでも、完熟した月果を直接買えば済む話か」

「完熟した月果は市場に出ないな。みんな満月の次の日に硬い月果を買って熟すまで待つんだよ。伸《の》るか反るか。ま、富くじみたいなもんだ」

「じゃあ当たんねぇよ」

どうして迷宮食材はこういうイヤらしいのばっかりなんだ。頼むから楽に食わせてくれ。

俺は行商人に礼を言って別れ、バッタリ会った店の常連冒険者、カルナに月果採取を依頼し、店に引き揚げた。

今日は満月の翌日ではないから市場に未熟月果がない。

その点、冒険者に頼めばいつでも迷宮に潜って採ってきてくれるから助かる。

いつもの食材開発と違い、今回は急がないといけない。

もたもたしているとセフィがホームシック拗《こじ》らせて鬱《うつ》になってしまうかも知れない。

そんな時に限って時間がかかる食材とは嫌になるぜ。

ユグドラが上手く気分転換させてやればいいんだけど、アイツちょっと尻《しり》に敷かれてるからな。


さて。


店を開け、冒険者が床板の間に落としたペンダントを千枚通しで引っかけて拾い、ゲロで詰まったトイレを開通させ、月果を納品していつもの倍飲んで倍酔っ払ったへべれけカルナのダル絡みに構ってやり、真夜中過ぎに帳簿を付けて本日も店じまいと相成る。

いつもならウカノに折り紙を教えてから寝るところだが、今日は俺が新商品の開発を始めるという事で、ウカノは折り紙を片手に厨房《ちゅうぼう》に居座った。

常連酔っ払い冒険者は特急料金を弾《はず》んだおかげで依頼した次の日（今日）には月果を木箱に山盛り納品してくれた。これで調理試作には困らない。

月果は梨《なし》のような形をした手のひらサイズの果物だ。

皮の色合いは金緑と濃紺がグラデーションを作っていて、なんとなく夜空を思い起こさせる。

真っ二つに割ると三日月形の種が出てくるのも特徴的だ。

このあたりも含めて「月果」という名前の由来になっているのだろう。

何はともあれ試食してみよう。

包丁《ほうちょう》を手に皮を剥こうとするが、手に持っただけでもう硬いのが分かった。石胡桃《いしくるみ》のようにガチガチの堅さではない。青柿に似た陶器のような質感だ。

どう考えても熟していない。

それでも硬い実に包丁を入れ一口サイズにして口に入れてみる。

うーむ、これは。

「おいしい？　私も食べる」

「あー、これはな」

「やっぱいい」

尻尾を振って身を乗り出したウカノは俺の反応を見てガッカリと引き下がった。

不味《まず》くはなかった。不味くはないんだ。

硬さも恐れていたほどじゃない。

顎《あご》にグッと力を入れれば咀嚼《そしゃく》できる。炒った大豆ぐらいかな。

しかし微《かす》かにある甘さを覆《おお》い隠してしまうぐらい青臭い。葉っぱ噛んでるみたいだ。

未熟だと分かっちゃいたが、やっぱり未熟なんだな。


ではまずコイツを冷やしてみよう。

果物が持つ果糖は冷やすと甘みを増す。

小川で冷やした夏のスイカが甘く感じられるのは正にそういう理屈だ。

冷凍庫に短時間入れてキンキンに冷やした月果を一口ゴリッと齧《かじ》ってみる。

…………。まあマシにはなった。青臭さ据え置きでいくらか甘みが増している。

でもこれを食ってセフィは喜ばないだろう。

気を遣った愛想笑《あいそ》いをさせてしまうのが関の山だ。

じゃあ逆に加熱するのはどうだろう？

栗は焼くと甘さを増す。加熱と好相性の果物は少なくない。

フライパンを油をつけた紙で軽く拭《ふ》いて熱し、スライスした月果を投入。両面に焦《こ》げ目《め》をつける。

仕上げに火を消してからフライパンに蓋《ふた》をして、余熱で芯《しん》まで熱を通した。

蓋を開けた瞬間に香りが立たない時点でもうお察しではあったが一応一口食べる。

お味の方はやっぱりイマイチだった。

青臭さが抑えられた代わりに甘さ据え置きだ。

ダメだこれ。食べてみて実感したがやっぱり根本的に熟してないんだよな。

熟すまで待つのが正道だけどそれは厳しい。

ふむ。発想を変えてみるか？

熟していない果物は時にサラダとして使われると聞いた事がある。

俺は月果を短冊切りにし、酢漬け野菜と和えてみた。

盛り付けを見ると見た目は良いな。真っ白い果肉が野菜の中で良いアクセントになっている。

一口食べると、味の方も悪くない。単品では味が薄すぎる。

しかし酢漬け野菜と一緒に食べると野菜としての役目と歯ごたえをしっかり出してくれていた。

なんというか、繊維質少なめのゴボウみたいだ。

でもそうじゃない……！　そうじゃないんだ。これは違う。

俺はセフィに故郷の味を食わせてやりたいのだ。

ただでさえセフィが食っていたのと同じ果物が手に入らなくて月果で妥協しているのに、もう一回妥協したら完全に別物だ。果物食べたい子に野菜食わせてどーすんだ。

やはり時間を置いて熟さないとダメなのだろう。

こればっかりは工夫でどうにかなる問題ではない。時間だけが解決する。

でも完熟まで長いし、完熟するかは運次第。運が悪ければ完熟前に腐って木になってしまう。

それでも運任せにするしかないのか？　本当にどうしようもないのだろうか？

先人たちがどうしようも無いと判断したからこそ、熟すか熟さないかのギャンブルみたいな食べられ方がされるようになっているんだろうけど。

何か抜け穴は無いものか。

うんうん唸《うな》っても何も思いつかなかったので、その日は素直に寝た。

考え無しにやたらめったら食材を弄っても意味はない。

次の日からは料理本や調理器具、調味料を一つ一つ手に取ってなんとかして月果に活《い》かせないか思案した。閃《ひらめ》きが無いなら総当たりするしかない。

世の中には時間を操《あやつ》るヤバげな魔法があると聞いた事がある。

月果の時間を加速させれば熟成は早まるだろう。

しかしそんなヤバそうな超高等魔法を使う知り合いはいない。

「ユグドラがセフィを遊びに連れてってるの見たよ。あれってデートかな？」

脳みそを振り絞っていると、ウカノが偵察情報を仕入れてきてくれた。

尻尾をくねくねウキウキさせて浮《うわ》ついている。女子はみんな恋バナ好きだな。

俺にはデートは分からんよ。デート中に食べる料理は興味あるけど。

「編み物屋さんで可愛いお人形買ってた。このぐらいの兎《うさぎ》さんのやつとね、このぐらいの熊さんのやつとね」

手をわちゃわちゃさせながら説明してくれるウカノは可愛い。

何が可愛い人形だよ。可愛いのはウカノだよ。

しかし人形か。

ウカノを連れて行くなら大喜びしただろうけど、セフィぐらいの歳《とし》の女子を連れて行くのはどうなんだろう。ちょっと幼く見過ぎな気がする。

服とかアクセサリ系の店の方が良かったんじゃないか。知らんけど。

デート（？）の成否はその日の来店で分かった。

セフィはいくらか影が薄れていたものの未《いま》だ上の空で、俺とユグドラは一緒に頭を抱えた。

お互い不甲斐《ふがい》ねぇな。落ち込んでる女の子一人慰められない。難しいよなぁ。

何かの拍子で急にケロっと元気になるかも知れないし、ずっと引きずるかも知れないし。

「おかしいなぁ。セフィの実家に人形たくさんあったし、好きなはずなんだけど」

「それ小さい頃のやつをとっておいてるだけじゃないのか。お姉さんの子供の時のやつだったとか」

「そうかも……」

俺は改めて何かのヒントにならないかとユグドラから故郷の話を聞いた。

貧乏《びんぼう》な小作農の家に生まれたユグドラは農作業に詳しかった。

腰を痛めず水甕《みずがめ》を運ぶやり方とか、土の良し悪《あ》しの見分け方とか、アレとコレを一緒に植えると作物が病気になりにくく実りも良くなるとか。

「混植か。それは俺も知ってるぞ。トマトと枝豆を一緒に植えると元気に育つんだ」

小学校の夏休みに学校の畑でトマトと枝豆育ててたから覚えてる。

水やり当番ダルかったんだよな。

植物はホルモンだかフェロモンだかを出していて、その影響でなんちゃらかんちゃら……ん？

俺はおでこに指を当てて引っかかりを深掘りする。

ユグドラの農業話で記憶の底を揺らされた。

何かそれ系で熟す熟さないの話があったはずだ。えーと確か、

「店長！　酒！　ワイン！　肉とワインくれ！　安くていいぞ！」

「ヨイシーッ！　ステーキ二枚と、冒険酒と、あ、やっぱステーキ三枚！」

「ちょ、待て待て、忘れる忘れる。注文はウカノに頼む」

店の端からクソデカ声でがなり立てる冒険者たちに手のひらを向けて待たせ、俺はなんとか脳のガラクタ置き場から知識を引きずり出した。

そうだ。思い出した。バナナの話だ。

南国から輸入されるバナナは未熟で青いうちに収穫され、船に積まれて日本にやってくる。

その時、バナナと一緒にリンゴも同じ貨物室に入れられるのだそうだ。

するとリンゴが発する……ホルモンだかフェロモンだか……なんかそういうのがバナナに作用し、追加熟成が一気に進み日本に到着する頃にはお馴染みの黄色い完熟バナナになっているのだとか。

これは使える。何しろこの世界、リンゴがある。追熟加速効果は十分期待できる。

正確にはリンゴではなく「陽果《ようか》」だけど。

そもそも、リンゴというのは昔は全然甘くなかった。

小さくて酸っぱく、酸味を効かせたソースに使うような果物だった。

それが品種改良されて現代日本人の知る大きくて甘いリンゴになったわけだが、この世界の似た果物・陽果は別の進化経路を進んだのだ。

太陽のように赤い陽果はひたすら酸っぱく、その酸っぱさを利用し酢の原料として栽培されている。

塩と合わせ庶民の調味料二大巨頭の座を欲しいままにする酢は陽果を発酵させて造られる。

市場に出回るのは加工済みの酢だ。

しかし需要が莫大《ばくだい》なだけあり、陽果は各地で時季をズラしながら一年中収穫されている。

加工前の陽果を融通してもらうぐらいなら簡単だ。

陽果と月果を一緒に置いておけば、一カ月もの間じりじり待たなくてもきっとすぐに熟してくれる。

今までいくつもの迷宮食材を扱ってきた俺の勘が言っている。

難題にバチリとハマるこの感覚、間違いない。これが正解だ。


そして七日後、俺は見事に完熟した月果を手に入れた。

陽果を注文してから届くまでに四日、陽果と月果を一緒に置いて完熟するまで三日。

合わせて七日だ。一カ月かかるはずの運次第な熟成を三日に短縮！

しかも用意した二十個が全て足並み揃《そろ》えてちゃんと熟している。

これは運ではない。知識と地道な努力がつかみ取った確実な成果だ。

やってる事はただの放置だけど。偉業ですよこいつぁ。

完熟月果は見た目こそ未熟な月果と変わらないが、手触りがツルツルで指で押し込むと程よい弾力がある。熟しきった甘い良い香りも素晴《すば》らしい。

明らかに柔らかく剥きやすくなっている皮を包丁でさっと剥いて一口サイズに切り、フォークで刺して喰《く》らう。

「おっ、甘い！」

完熟月果は水ぶどうの濃縮された甘さとはまた違う、突き抜けるような爽快《そうかい》な甘さだった。

シャリッとした食感の果肉を噛めばさっぱりジューシーな甘みが口の中で弾ける。

控えめな酸味が味に奥行きを出し、一口目から後味まで流れるようにすっきり爽《さわ》やかだ。

しかも食べやすい！　食べごたえがあるのに飲んでるみたいだ。

二口目、三口目と手が止まらない。

うめぇ～！　マジうまい。いくらでも食える。いや飲める。

……はっ⁉

「…………」

「あ、ウカノも食べるか？」

「食べる」

ウカノは匂《にお》いに釣られ音もなくやってきて、厨房の入口でツバを呑《の》み込《こ》みじーっと見つめてきていた。

別にお仕事の邪魔とか気にしなくてもいいからな？　一緒に食べようぜ。

二人でキャッキャしながら完熟月果を堪能し、二十個あった月果はたちまち三個になってしまった。

残りに手を伸ばしかけたウカノはぎゅっと目を瞑《つぶ》り、そっぽを向いて手を引っ込める。

食べたすぎだろ。でも我慢《がまん》できて偉い。

「よしよし。あとはよく冷やしてもっと美味くしてセフィに出してやろうな」

「んー？　や、セフィには冷やさない方が良いと思う」

「そ、そうか？」

「だって昔のセフィは氷魔法使えなかったし、冷蔵庫もなかったでしょ。食べた事あるのはたぶん冷えてない普通のやつだから」

た、確かに……！　ウカノ、賢い！

あぶねー、これは美味い月果を食わせるんじゃなくて懐かしの味を食わせるのが目的ってのを忘れてた。

そうだよな。最高の味は人によって違う。

思い出や雰囲気は飯の味を激変させるのだ。

月果は最高の食材じゃない。

だが俺はセフィにとっての最高の調理を成し遂げた。


俺は下手に調理せず、夕飯時に酒場にやってきてカウンター端の定位置に座ったセフィの前に木皿に載せただけのそのまんま完熟月果を出した。

しんどそうだったセフィは月果を見た瞬間に目を丸くして驚いた。

「え？　これって」

「いやすまん、セフィの実家のやつじゃない。熟した月果だ。セフィの思い出の味とはちょっと違うかも知れんが……食べてみてくれ」

「で、でもこれってヨイシさんの、そうですよね？　依頼も受けてないのに食べる資格なんて」

セフィは困惑し隣の幼馴染に目を向けるが、ユグドラは力強く頷《うなず》いた。

遠慮すんなよ。食え。いいから。

セフィは触ると消えてしまうと思っているかのようにそーっと月果を手に持ち、恐る恐る一口齧った。

「……ぁぁ」

一瞬の硬直を挟み、ぽろりと零《こぼ》れた小さな一言は震えていた。

顔を背《そむ》け俯《うつむ》き、月果を握りしめたまま袖口《そでぐち》を目元に当てる。

ユグドラはさりげなく椅子《いす》をズラしてセフィの顔を他の客に見せないように動いた。

セフィは鼻をすすりながらたった一個の果物を宝物のように大切に食べた。一口一口噛みしめて。

月果を食べ終わりしばらく顔を伏せていたセフィだったが、パッと上げられた顔はやや目が充血しているものの晴れ晴れとした笑顔だった。

もう大丈夫そうだ。俺は安心して聞いた。

「うまかったか?」

「……あの、ありがとうございます。私のためにこんな。ユグもごめんね、せっかく気を遣ってくれたのに、」

「うまかったのか?」

「えっ、あ、お、おいしかったです!　もちろん!　すごく!　甘くてさっぱりしてて、」

「なら良し!　ほら酒飲め。肉も食えよ。今日は奢《おご》ってやるから」

また飯を楽しんで食えるようになったなら良かった。
人生の半分は美味い飯でできてるって俺が言ってたもんな。
人生の半分を取り戻したセフィに乾杯！
一件落着！

## 迷宮食材名鑑No.6

# 月果《げっか》

迷宮中層の木に生る梨。満月の日になると腐って地面に落ち、一気に発芽成長する。

そのままでは未熟で食べられないが、ヨイシの酒場に持って行くと完熟品に加工してくれる他、買い取りもしてくれる。値段はそれなり。

自分で熟成を待つ事もできるが､完熟するかは運次第。これを利用して隠しパラメーターの運を計測できる。

完熟月果は小気味良い食感と喉を潤す瑞々しい甘さがたまらない。冷やすと一層甘くなる。

ヨイシの迷宮料理は冒険中「女神の涙」以外で疲労値を回復する唯一の手段である。

冒険出発前に「月果持った?」の確認を忘れないようにしよう。

# 七品目　白《はく》濁《だく》樹《じゅ》液《えき》

先日、ユグドラとセフィが上層の門番を倒し中層に足を踏み入れた。

二人組パーティーという事もあり、中堅冒険者として街で名が知られてきた。

一番最初から目をかけてきた冒険者の躍進《やくしん》を見るのは嬉《うれ》しいものだ。

二人も俺《おれ》を慕《した》ってくれてるし、毎日のようにウチで飯を食っていってくれるしな。

上層門番との戦いは激しかったらしく、二人は門番を突破してからの数日を休養にあて酒場に顔を見せなかった。

門番を倒したはいいものの、負傷や犠牲が尾を引いてそのまま引退してしまう冒険者もいる中、二人は元気にまた酒場を訪ねてくれた。

俺は上層突破のお祝いに気合を入れて料理を作った。

貴重な砂糖を使って丹念に焼き上げた霞肉《かすみにく》の甘辛炙《あぶ》り焼き。

選《え》りすぐりの水ぶどうで造った上等の迷宮ワイン。定番のうまクルミ。

三種の大満足セットをプレートに載せてドンと出すと、二人は代わりに新調した装備を見せてくれた。

「僕のこれはミノタウロスの斧《おの》の刃を使った剣です」

指についた炙り焼きの脂を舐《な》めとりながらユグドラは解説してくれる。

カウンターに置かれたベーシックなロングソードの刀身には独特の木目模様が浮かび上がり、灯《あか》りを反射し硬質な輝きを帯びている。

ウチには中堅冒険者もちらほら来るから、上層門番ミノタウロスの遺留品を素材に使った武器を見るのは初めてじゃない。

でも解説をもらうのは初だ。

「これは鋼製なんですけどすごく質が良くて、特別な鍛え方がされてるって鍛冶屋《かじや》の人が言ってました。溶かして鋳造し直すと弱くなるから、鍛造で少しずつ形を変えてやらなきゃいけないんだとか。でも苦労の甲斐《かい》のある使い心地です。金属だって斬れるんですよ」

「すげー」

率直な感想が漏《も》れる。

いいなあ、俺もこういうカッコイイ武器持って冒険行きてぇ〜。

まあ、でもね？　いうて俺の包丁《ほうちょう》も爺《じい》さんのお下がりのミノタウロス包丁だから。負けてねーし。

「私のはミノタウロスの首飾りを使った魔杖《まじょう》です」

続いてワインを早々に飲み干し冒険酒のジョッキを両手で持って飲んでいたセフィの解説だ。

長杖に嵌《は》まった暗いコバルトブルーの魔石は、普通の宝石とは何か違う不思議と目を引く魔性を帯びていた。

「これは強化魔法増幅効果がある二等級石で、固有魔法もあるんですよ。一日一回、対モンスター限定で短い間フラつかせる魔力波を出せるんです。攻める時も逃げる時も使えるからすごく便利で」

「あと毛皮も落としたんですけど、そっちは剣と杖の加工代に充てるために売っちゃいました」

記念に毛皮の毛の一本ぐらいはとっとけば良かったね、と言って二人は残念そうに肩を落とした。

なるほどなー。斧に魔石、毛皮まで落としたのか。

だいぶドロップ運が良かったんだな。

「食材は？」

「え」

「門番は食材は落とさなかったのか？」

「あっ……」

「す、すみません。食材はちょっと……」

「あっいやすまん、催促したわけじゃなくてな。ちょっと聞きたかっただけなんだ。もしかしたらって。今のは俺が悪かった。気にしないでくれ」

気まずっ。

これじゃまるで食い物の事しか考えてない料理バカみたいだ。

「えーと、酒のおかわりいるか？」

「私おねがいします。クルミも」

セフィはジョッキに残った冒険酒を一気に喉《のど》に流し込み、三杯目とおかわりを頼んできた。

「あいよ。セフィはホントにクルミが好きだな」

「美味《おい》しいのも勿論《もちろん》ですけど、石胡桃《いしくるみ》を食べないとなんだか『冒険から帰って来た』って気がしないんですよね。冒険酒にも合うし」

セフィはそう言って朗《ほが》らかに笑った。

セフィは特別酒に強くない。それでもどんどん飲むのは本人も言う通りクルミが肴《さかな》として優秀過ぎるのと、冒険酒が度数の割に飲みやすくグイグイいけるのと、いくら飲んでも悪酔いしないからという三つの理由の相乗効果だろう。

実際、冒険酒が流行《はや》り始めてから床のゲロ掃除頻度は激減した。

「僕は肉のおかわり下さい。これおいしいですね！　魚も良かったですけど、やっぱり僕は肉かなあ」

「よしよし。今度はグリルにしようか。ウカノ！」

俺は客席のウカノに手で酒追加の合図をし、肉調理に取り掛かった。

「そういえば」

と、夜も更け腹も満ち、ユグドラはお勘定に財布《さいふ》を取り出しながら世間話をした。

「ミノタウロスが守ってた門にドラゴンが彫ってあったんですよね。迷宮の入口にも同じドラゴンが彫ってあったたし、この街の迷宮ってドラゴンに関係してるのかなあ」

がっしゃーん！　と大きな音がして振り返ると、ウカノがすっ転んで食器を割っていた。

運動神経抜群のウカノが足を滑らせるとは珍しい事もあるもんだ。

しどろもどろに謝るウカノに大丈夫だからと安心させ、箒《ほうき》とちりとりを持ってくるように言う。

ウカノは枝角と尻尾《しっぽ》を隠すようにしながらささっと店の奥に引っ込んでいった。

俺だって人並みに迷宮の謎《なぞ》に興味はある。だけど、料理人だから。

冒険と謎解きは冒険者に任せる。料理人は料理をするだけだ。

今まで調理してきた迷宮食材は上層のものばかりだった。

先日調理した中層迷宮食材、月果《げっか》は大変お味がよろしかった。

他の中層迷宮食材にも興味ありますね。

俺は最近中層探索を始めたばかりの注目常連冒険者、ユグドラ&セフィに何かいい感じの食材に心当たりはないか聞こうと思ったのだが、今日は顔が見えない。遠征の日らしい。

迷宮も中盤、中層にまで足を延ばすとなると探索時間は延び、迷宮内で野営を挟む一泊二日の探索行になるのも珍しくない。

昨日干しぶどうと干し肉を多めに買っていったしそういう事なのだろう。

しゃーない、食材探索依頼を出すのは明日にしよう。

そう考えて一人頷《うなず》いていると、ベロンベロンに酔ってふにゃふにゃになった酔っ払いが袖《そで》をついてダル絡《がら》みしてきた。

「ね～ヨイシ、なんでパンに絵描くやつやってくんないの～？　今度はねぇ、星じゃなくて剣描いてよ」

「アレは絵描いてるんじゃなくて焼きゴテで焼き目つけてんの。剣の形の焼きゴテ無いから無理だって」

「ヤだ！　ねぇ剣描いて！　なんで描いてくんないの？　剣かっこいいのに。ボクの魔剣とかすっごいよ？」

カウンターに片頬《ほ》っぺをつけ溶けている酔っ払いはもぞもぞ腰の剣を外して見せようとしてきたが、指先がぷるぷる震え留め金が外せなくて諦《あきら》めた。酔ってる酔ってる、すっごい酔ってる。

困ったもんだ。

コイツは金払い良いし周りの客にも迷惑かけない良い常連客だが、毎回必ずしこたま飲んで酔っ払って俺にまとわりついてくるし、ウカノが来て狸《たぬき》寝入りを見破るまではよく眠りこけた（フリをした）のを宿まで背負って運んでやっていた。

まったくめんどくさい客だよ。

でもかなり腕のいい冒険者なんだよな。

三～五人グループで潜る冒険者が主流の中、コイツはずっと一匹狼《おおかみ》でやっている。

「なんちゃら剣のカルナ」とかいう二つ名で呼ばれるぐらい名の知れた腕利《うでき》きだ。

腰に佩《は》いた剣の鞘《さや》からは紫の光が漏れ、強い魔法の力を帯びた名のある剣だと分かる。

魔剣か聖剣かは分からんが、こういう剣が主武装なら低く見積もっても中堅はカタい。

実際、中層に生えてる月果納品依頼を短期でこなした実績もある。

お互いペーペーの頃からの知り合いで信用できる。酒癖は悪いが。

ふむ。別にユグドラとセフィを待たなくてもまたこいつに依頼出せばいいか。

俺は酔い覚ましの冷やした果実水をサービスで出してやりながら話を振った。

「なあ、依頼前に一応確かめておきたいんだが、お前って中層冒険者だったよな？」

「んー？　そうだよ。今下層に繋《つな》がってる扉の前で門番攻略法練ってるとこ～」

「え？　ああ、単独で潜ってるって思ってたけどパーティー組んでるのか。そりゃそうだよな」

「単独だよ？」

「え」

「ボクは一人で迷宮に潜ってる。ね～ヨイシ、絵描いてよー！　剣がイヤならクマとかウサギでもいいからさぁ」

果実水のコップを手を使わず口先で傾け行儀悪く飲む酔っ払いはすごい事を言い出した。

一人で中層終盤ってマジ？　お前そんなすげー奴《やつ》だったの？

ガバガバ飲んで酔ってぐにゃぐにゃになってダル絡みしてくるダメ男な印象しかなかった。

風の噂《うわさ》で聞く冒険譚《たん》はすごそうだったけど。

強い剣も持ってるし、本当は上層冒険者なのに見栄張ってる、なんてオチは無さそうだ。

「ただの優男《やさおとこ》じゃないとは思ってたが、すげー益荒男《ますらお》だったんだな」

「えー、なにそれ。褒《ほ》めてくれるのはいいけどさ、男扱いはムッてしちゃうよ」

「ははは、すまんすま……ん？」

あれっ。

男扱いはムッとする？

顔を赤くして唇をぷるぷる震わせ遊んでいる酔っ払いの中性的な顔を改めて見る。

え？

いやそういえばどっちって聞いた事ないな。確かめる発想すらなかった。

これ聞くのは流石《さすが》にヤバいだろ。

でも聞くは一時の恥、聞かぬは一生の恥って言うし……

「あー、こほん。今さら聞くのめちゃくちゃ気まずいんだけど……」

「なにー？」

「お前って男だよな？」

「えー？　……えっ⁉」

ふにゃふにゃカウンターに伸びていた酔っ払いは急に覚醒《かくせい》して跳び上がった。

目を丸くし、まさか、という顔で俺をまじまじと見る。

「え？　そんな、見れば分かる、いや名前で？　ヨ、ヨイシはボクの名前知ってるでしょ？」

「カルナじゃないのか？」

「それフルネームだと思ってたの⁉　アカルナニアだよ！　ひどい！　ボクだって女の子なのに！」

カルナ――――アカルナニアは涙目になって叫《さけ》び、酒場の注目を全《すべ》てかっさらった。

好奇の目線が突き刺さるのを感じながらしどろもどろに弁解する。

すまーん！　でも本当に分かんなかったんだって！

「悪かった、俺が悪かった。間違えてごめんな。でも服装とか髪とかさあ」

「軽剣士はみんなこんなんでしょ！」

「私服で会った時も男の服だっただろ」

「それは……そうだけど。ボク冒険者になるまで男の子として育てられたから。オシャレ苦手《にがて》なの！　分かってよぉ！」

アカルナニアが半泣き小声早口で語ったところによると、彼女は貴族の出なのだそうだ。

この国の貴族は基本的に男のみが跡継ぎになれる。男子が生まれなければ跡継ぎ無し、つまりお家お取り潰しで一族郎党貴族の地位が剥奪される。そんな貴族の家に生まれたアカルナニアは、男子が生まれない中で唯一の嫡子だった。アカルナニアはお家お取り潰しを避けるため、本当の性別を隠し男として育てられた。成人したら家を継ぐはずだったが、弟が生まれた途端に用済みになり放り出されたのだと言う。

で、全てのコネを失い行く当てもなく食うに困って冒険者になったと。

聞くだけでげんなりする話だ。きっつい身の上だなおい。

「見ろよ、ヨイシが女泣かせてるぜ」

「めちゃ詰め寄られてんじゃん。何股したん？」

「なんか『お前を女として見れない』とか言ったらしいよ」

「サイテー！　ヨイシってそんな人だったんだ」

なんかヒソヒソと、いやあんま声潜めてない野次が聞こえてきたぞ。

やめろやめろ。酔っ払い共め、爆速で事実が捻《ね》じ曲げられていく……！

「カルナを男だと思ってたぁ？　胸が無けりゃ女じゃねぇってか！　とんでもねぇクズ野郎だな！」

「ヨイシてめー責任とれ！　腹ぶち抜かれても涼しい顔する女が泣いてんだぞ！」

「お父さんこの前パン屋のお姉さんも泣かせてた」

「やっぱりな。料理一筋ですみたいなツラして裏じゃ女泣かせてる男だよアイツは」

好奇の目が減り、非難の目が増えていく。

なんで自分の酒場なのにこんなアウェームードなんだよ。

ウカノは誤解を加速させるんじゃない！　こらっ！

パン屋さんは激辛パンの試食で泣いただけだろ！

というかそんな非難轟々《ひなんごうごう》集中砲火受けるほど俺悪くなくね？　いや悪いのか？

悪いかも。悪い気がしてきたな。

俺は不機嫌にそっぽを向いてしまったアカルナニアに平身低頭誠意を尽くした。

「悪かった。すまん。今日はタダ飯にするから許してくれ」

「そういう問題じゃないっ！」

「いや、でも謝罪これしか思いつかねぇよ。なんでも注文通りに作るからさあ」

「……なんでも？」

「なんでも」

「じゃあ、作るのはなんでもいいから『おいしくなーれ』ってして。それで許す」

「お、おう」

めちゃめちゃ恥ずかしい注文するじゃん。嫌がらせ？

前に話したメイド喫茶の愛情注入オムライスの話覚えてやがったな。

話はまとまり、俺とアカルナニアの動向を鑑賞していた客たちは平和的解決を見てつまらなさそうに興味を無くしいつものざわめきが戻った。くそ、他人の修羅場《しゅらば》で酒飲みやがって。

俺が霞肉のステーキに星型の焼き目をつけ、恥を忍び「おいしくなーれ」して出すと、アカルナニアは嬉しそうに受け取って食べ始めた。

なんかドッと疲れたけど、機嫌直してくれたなら良かったよ。

「そういえばさ、ヨイシ依頼がなんとかって言ってなかった?」

御機嫌のアカルナニアは教養を感じさせる綺麗《きれい》な所作でステーキを切り分け食べながら話をぐっと前に戻した。

そうだった。衝撃がデカ過ぎて忘れてたけど、本題はそれだ。

アカルナニアに迷宮中層の食材について相談と依頼をしようと思ってたんだ。

「言った言った。なあ、アカルナニアは良い感じの中層食材に心当たり無いか? これもうちょっとなんとかならないかなーとか、これ食べられたら美味しそうとか、そういうやつ」

「食材かー。もしかしてここでボクが答えたのが酒場の新メニューになるの?」

「まあそうだな」

アカルナニアは口元に手を当て少し考え、何かに閃《ひらめ》いて勢い良く言った。

「そうだ、牛乳がいい! 中層に白濁樹液《はくだくじゅえき》っていうのがあるんだけどさ、ヨイシなら牛乳にできると思うんだよね」

「ほー。アカルナニアは牛乳好きなのか?」

「好きっていうか……」

アカルナニアは自分の胸に手を当てて言葉を濁《にご》した。

「まあなんでもいいじゃん。牛乳、いいでしょ? 牛乳あればバターとかチーズも作れるしさ」

「あーね」

俺は頷いた。確かに目の付け所が良い。

おつまみ、魚、酒、肉、ワインに果物《くだもの》と来て、牛乳チーズバター。酒場らしいじゃないか。

「その白濁樹液ってのはどんなやつなんだ?」

「白濁樹液は樹液だね。言葉通り。迷宮中層に白黒斑《まだら》模様の木が生えててさ、その木の幹を傷付けると白くてドロッてした樹液が出てくるの。それを薬屋に持って行くと解毒薬に加工してくれるんだけど、」

「ん? 待った、それって白い丸薬? これぐらいの」

「そうそれ」

はぇー。

あの糞桃《くそもも》にも水ぶどうにも効かない使えねー解毒薬って中層の素材で作られてたのか。

知らんかった。

まあ虫・鉱物・モンスターの毒に良く効くって触れ込みだから食中毒に効かないのは当然なんだけど。ウチの薬箱にも常備してる。

「薬屋はその解毒薬を作った後に残る、残液っていうの？　それを売ってる。そのー……あの……美容、に良いって触れ込みで。ボクも毎日飲んでるんだけど、これがめちゃくちゃ不味《まず》くてさ」

アカルナニアはベッと舌を出して嫌そうな顔をした。

「水で薄めた牛乳みたいな味するわけ。この味なんとかなんないかなってずっと思ってたんだよねぇ。牛乳みたいなやつを牛乳にするだけなら簡単そうじゃない？」

「確かに」

本当に簡単ならとっくに誰《だれ》かがやっている。

でも俺ならできるという無根拠な自信があった。

誰かが挑み、諦めた食材を食べられるようにするのがきっと迷宮料理というものだ。

「じゃあアカルナニアに依頼を出す。白濁樹液を採ってきてくれ。相場価格の買い取りで、量に応じて報酬増やす」

「その依頼受けましょう。まー任せてよ、頼りになるとこ見せてあげる」

アカルナニアは気楽に言って笑う。

そして真夜中過ぎまで深酒して歩けなくなり、ウカノに担《かつ》がれ宿に運ばれていった。

頼りにならないとこ見せられてしまった。大丈夫なんですかね。不安だ……

さて。

アカルナニアに白濁樹液調達依頼を出した翌日。

店を開け、冒険者に飯を出し、酔っ払いにせがまれて尻尾をふりふり歌って踊る酒場のアイドルを褒めそやし、前日の泥酔にもかかわらずしゃっきりした顔で大量の白濁樹液を持ってきたアカルナニアを見直し、真夜中過ぎに帳簿を付けて本日も店じまいと相成る。

いつもならウカノに寝物語を聞かせ寝かしつけるところだが、今日は新商品開発を始めるという事で、ウカノは眠そうな目をこすりこすり厨房《ちゅうぼう》の端で石胡桃を割りながら俺のやる事を見ている。

事前に薬屋に話を聞きに行き、俺は白濁樹液の既知の活用法を把握していた。

白濁樹液には毒を中和する薬効がある。

そのまま飲んでもいいが、成分を濃縮する事で効率的に解毒効果が発揮される。

白濁樹液を灰と混ぜると凝固が始まり、苦《にが》くて渋《しぶ》い固形薬効成分が沈殿する。

これをすくい上げ、丸めて乾燥させたのが市販されている解毒薬だ。

白濁樹液の原液はひどく渋い。

しかし解毒薬を作った後に残る残液に渋さはなく、薬屋はこれを美容飲料として売り出している。

渋くはないけど不味いんだよな。良薬口に苦しって言うけども。

まあ牛乳は美容に良いって聞いた事ある気がするし、美容飲料というのもまるっきりの詐欺ではないのだろう。

骨だの身長だの胸だのなんにでも効くって触れ込みは異世界でも変わらないようだ。

以上の情報は薬屋にモンスターを生きたまま解体する方法を教えるのと引き換えに教わった。

薬屋はモンスターの胆石や結石をなんとか腐《くさ》らせず手に入れたかったらしい。

今までは特に生命力の強いモンスターから手に入る遺留品を使って調薬していたが、遺留品は供給量が限られる。

材料が少なければ必然的に作れる薬も少なくなってしまう。

活《い》け造り解体法によって全てのモンスターから薬の材料が手に入るようになれば薬屋としては大助かりだ。

まーたモンスター生け捕《ど》り需要が増えるのか。冒険者ギルドは大変だな。


とにかく、まずは試しに白濁樹液の原液を舐めてみる。

話に聞いた通り、めっちゃ渋い。急須に入れたまま放置し過ぎた番茶みたいだ。

だが渋さの裏に確かに十分濃厚な牛乳の味を感じる。

上手《うま》く渋みを除去できればおいしい牛乳になるだろう。

でも液体の分離か……難題だ。

ワインに一滴の泥《どろ》が混ざれば、それはワインではなく泥だという。

味というのは繊細で、混ざってしまっている液体は分かちがたい。

とりあえず薬屋に聞いた通り、灰と白濁樹液を混ぜてみた。

コップに入れてマドラーで混ぜ静置すると、白濁樹液にぽつぽつと白い塊ができていき、それが底に沈んでいく。

十分に待ってから布で濾《こ》せば、白い塊と薄い白色に濁った残液に分かれた。

白い塊は一口食べるだけで眉《まゆ》がギュッてなるぐらい苦くて渋かった。これはアレだ。

白濁樹液の渋みと灰の苦みが合体してるんだ。ひっでぇ味。

微妙に牛乳風味を感じるからなんとか食えはする。

残液も飲んでみるが、アカルナニアの話通りちゃんと不味い。俺も分かるぞ、これ薄めた牛乳だ。

小学校の給食で出た牛乳を面白《おもしろ》半分に水で薄めたクソガキの頃の思い出が生きた。

ふーむ、なるほど。

つまり白濁樹液から薬効を取り出す時、おいしさの成分も一緒に持って行かれているわけだな？

でも残液にも旨味はちょっと残っている。薄すぎて逆に不味いだけで。

単純な発想で残液を煮詰めてみる。

味が薄いなら煮詰めて濃くすればええやろ。

だが、ボウルにたっぷり一杯分の残液を煮詰めてやっとスプーン一杯分のなんか物足りない味わいの牛乳がとれただけだった。

渋くも苦くもないけど、う～ん。

こんな手間と時間かけるぐらいなら普通に市販の牛乳買った方がいいな。

考え方を変えてみよう。

薬効だけを分離させ、美味しさ成分を液体に残せないだろうか。

灰で薬効が分離する。灰はアルカリ性だ。

他のアルカリ性の物質が反応するか試す価値はある。

「えーと、アルカリ性っつーと……中学の教科書思い出せ……灰、海水、コンクリート、海藻……アンモニアもアルカリ性だよな……他になんかあったっけ」

思い出せる限りのアルカリ性を書き出し、調理初日は終わった。


翌日は朝市でメモを頼りに必要な物を集めて回った。

ドラゴンが踏んでも壊れないという触れ込みの砂時計や楽しい夢を見れる魔法の枕《まくら》、ウカノ用の肌に優しい石鹸《せっけん》もついでに買っておく。

ここ最近、この街の市場は活発化して品揃《しなぞろ》えも増えた。

街全体の特色として今まで食料を輸入し迷宮産の魔道具や霊薬《ポーション》を輸出していたのだが、迷宮食材の輸出が始まり、食道楽にやってくる観光客も増えた。

馬車の数も増え、はちきれんばかりに商品を積んだ荷馬車がやってきては荷を降ろし、またどっさり積んで復路を行く。

俺はそんな馬車の中の一台、木箱やら袋やらを山積みにした馬車の横で一休みしている若い商人に声をかけた。

「なあお兄さん、ちょっと話いいかな」

「ああいらっしゃい、いいですよ。何かお探しの品でも?」

「海水って扱ってる？　それか扱ってる店知らないか？」

「海水ぃ？　そんなもん何に使うんです？」

「ちょっと料理に。無さそう？」

「いやぁ、海水は厳しいですねぇ。遠路はるばる海まで汲《く》みに行ったら足代だけでとんでも無い値段ついちまいますよ。塩水なら用意できますがどうです？」

そう言って商人のあんちゃんはぐらつく積み荷の隙間《すきま》から袋を引っ張り出そうとする。

それを見て「あ、なんかヤバいかも」とは思ったが、危機感が圧倒的に足りていなかった。

ようやく逃げなければならないと悟った時には、既に積み上げられた重そうな荷が雪崩《なだれ》をうって俺に落ちてくるところだった。

まっずーい！　下敷きになるッ！

思考は焦《あせ》るが体はじれったいほどゆっくりとしか動かない。

なんとか頭だけでも守ろうとしたところで、俺の眼前まで迫った木箱に突然無数の線が縦横無尽に走り、細切れになった。

「え」

間抜けな声が出た。

細めていた目を開けて見ると、俺に向かって落ちてきた荷物が全て粉微塵《こなみじん》になって灰に変じ、一陣の風に乗って消えていく。

硬質な納刀の音に振り返れば、冴《さ》え冴《ざ》えとした鋭利な威圧感を放つアカルナニアが剣を納め残身を取っていた。

見た事もない冷厳とした表情で商人に射殺すような視線を向けている。

一拍遅れ、状況を理解した。

アカルナニアが落ちてきた荷物を全て斬って助けてくれたようだ。

助かったーッ！　そんですげー！　斬ったのが全部灰になったぞ！

魔法！　魔剣だ！　強ぇえ！

俺はテンションが上がった勢いのまま礼を言おうとしたが、アカルナニアは完全に臨戦態勢に入っている滑《なめ》らかな歩法で商人にすうっと近寄り、感情を感じさせない平坦な声で告げた。

「君は今、人を下敷きにして潰《つぶ》しかけた」

「は、はい……」

「今回は見逃すが、二度繰り返す事あれば報いを受けさせる。理解したか？」

「はい！」

「よろしい。去れ」

「去ります！　すみませんでした！」

可哀《かわい》そうなぐらい真《ま》っ青《さお》になって怯《おび》えきった商人のあんちゃんは、慌てて俺に一言謝るや否や空になった馬車に飛び乗り命からがら逃げていった。

あんちゃんの積み荷なくなっちまった。

アレ絶対大赤字どころじゃないよな。普通にかわいそう。

でもまあ俺も潰されかけて肝《きも》が冷えたし、トントンだと思っておこう。

荷物をしっかり固定しておかなかったのが悪い。

ふん、と鼻を鳴らし馬車を見送るアカルナニアはいつもと雰囲気が全然違う。

まるで一流冒険者のような圧倒的強者《つわもの》のオーラが噴き出ていて、見ているだけで斬られそうな近寄りがたさがある。

だが俺に目を向けた途端にオーラは雲散霧消し、いつものふやけて頼りない感じになった。

「大丈夫だった？　ケガは無いよね？　もー、人がいっぱいいるとこ来るならウカノちゃん連れてこないと危ないって！　何があるか分かんないでしょ？　今日はたまたまボクが近くにいたからいいけどさぁ。ヨイシは買い物？」

アカルナニアは俺の買い物を覗《のぞ》き込みながらペラペラ喋《しゃべ》る。

一瞬でえぐいギャップ出すじゃんか。

こいつ戦闘とプライベートで人が変わるタイプだったのか。

プライベートでしか会ってこなかったから知らなかった。

「こんな事滅多にないから大丈夫だ。まあ潰されかけた手前言っても説得力無いが……ああそうだ、助けてくれてありがとう」

「いいよいいよ、これぐらいなんでもない。いつも助けてもらってるからさ」

「そうかぁ？」

助けてるというよりお世話してるって感じじゃないか？

首を傾《かし》げると、アカルナニアは俺の服についた灰を払いながら懐かしそうに言った。

「初めて会った時からヨイシにはずーっと助けられてるよ。覚えてる？　まだボクは駆け出しで、ヨイシは酒場の見習いだったよね」

「あー……ああ、アレか？　皿割った時か？」

「そう！　ボクが酒場で皿を落として割っちゃった時、給仕してたヨイシがささーって近づいてきてさ。怒られる！　って思って怖かったけど、ヨイシは破片拾ってお爺さんのところに持ってって、『自分が割った』って言って庇《かば》ってくれたよね」

「アレは別にそんな深い意味ないぞ？　お前駆け出し冒険者丸出しの格好だったし、コイツが割ったって言ったら弁償できなくて困るだろうなって思っただけだ」

あれっ、自分で言ってて気付いたけどそこそこ深い意味あったな？

アカルナニアは陽《ひ》だまりのような優しい笑顔を浮かべ続けた。

「理由はなんでもいいんだよ。ボクは家を出てから初めて優しくしてもらったのが嬉しくて。すごく嬉しくってさ……す、好きだって思ったんだ」

「で、常連になってくれたのか」

俺が言葉を引き取って結ぶと、アカルナニアは苦笑して頷いた。

そっか、そんな感じだったのか。人には親切にするもんだな。

ちょっと気配りするだけで店を好きになってくれるなら安いもんよ。

「しっかしお前戦う気になるとすごいな。気持ち切り替えるのしんどくないのか？」

「うーん。切り替えるっていうか、切り替わるんだよね。ボクはヨイシのところでだけ弱くいられるから」

「ふーん……？」

ま、冒険者はいつも生死かけて冒険してるんだ。安心して息抜きできる場所は必要だよな。その場所がウチの酒場だと言ってくれるなら光栄だ。

冒険者の過酷な探索行に思いを馳せていると、アカルナニアは目線をやたらキョドキョド彷徨《さまよ》わせながら言った。

「あ、あのさ、せっかくだしさ、ちょうどいいしさ、ちょっと一緒にお店回らない？」

「なんだ？　デートのお誘いかぁ？」

「え、えへ。そ、そそそそそう、かもね？　って言ったらどう？」

「⁉」

軽口で返した直後に「やべこれセクハラかも」と焦ったが、頬を赤くしたアカルナニアの本気っぽい照れ方に別の焦りが噴き上がる。心臓が急に高鳴り始めた。

え？　まさか……いや、そんなまさか。冗談だろ？　アカルナニアが実は俺の事が好きなんてある訳ない。

アカルナニアが俺を恋愛的意味で好きなら、酒場に来るたびに泥酔してゲロ吐いたり、ワインボトルを抱いて芋虫《いもむし》のように床に転がって歌ったり、地獄みてぇな悪臭のする返り血をべっとりつけたまま酒場に突撃してきたりしない。それぐらい恋愛下手の俺にだって分かる。

普通、好きな人の前では自分を良く見せようとするはずなのに、アカルナニアはアホほど自分の悪いところを曝《さら》け出している。

つまりアカルナニアは俺の事が好きではない。

従ってこれはデートの誘いではなく単なる友人同士の冗談だ。Q．E．D．証明完了。

俺は冷静さを取り戻し、アカルナニアの冗談を軽く流した。

「俺もう買う物買っちまったから買い物デートは無しだな」

「あぅ……」

「海水探してたんだけど見つかんなくてさあ。参るよな。まあ塩水なら自分で作れるし代用品でいいかなっていう妥協で。牛乳はもうちょい待ってくれ、今いいとこなんだ」

「そ、そっか。頑張《がんば》って」

「おーよ。あ、これ助けてくれた礼にとっといてくれ。じゃあなー」

俺はウカノ用に買っていた高級石鹸を一つ渡し、大げさに喜ぶアカルナニアに手を振って別れ酒場に戻った。

よーし、ちょっとハプニングはあったが材料は買い集めた。やるぞやるぞやるぞ！

さて、改めて。

厨房にこもり、早速アルカリ性のあれこれで薬効分離を試してみる。

ウカノも興味津々《きょうみしんしん》で昇り竜柄のエプロンをつけ実験の助手に立つ。

気分は理系の学生実験だ。おかしいな、俺料理人のはずなのに。

まあ化学は台所から始まったって言うし、多少はね。

まずは石鹸を試す。

粉末にした石鹸を白濁樹液に混ぜ薬効成分を固めると、残液は洗濯物みたいな味がした。

石鹸残っちゃってるよ。こりゃダメだ。

次は海水……は手に入らなかったので塩水を試す。

これは薬効成分が固まらなかった。

塩水ってアルカリ性じゃなかったっけか？　海水はアルカリ性なのに。

よく分からんが結果が出なかったのでパス。

コンクリートは手に入らなかったのでこれもパス。

アンモニアは錬金術師と交渉して手に入れた。

水に溶けたアンモニアは毒だから食べられないが、多少の毒なら白濁樹液の解毒成分で打ち消されるだろうという思惑の下試してみる。

が、ウカノが尻尾を縮こまらせ鼻をつまむほどの悪臭に味見は諦めた。

最後に海藻（迷宮中層で採れる海藻を乾燥させた粉末）を試すと、他と違う反応を示した。

灰や石鹸、アンモニアよりも明らかに凝集反応が早いのだ。

出来上がった固形成分は少なく、残液は濃い白色。成分が多く液体に残っている証拠だ。

俺は期待を込めて残液を飲んでみる。

それは期待通りの味だった。

まろやかな口当たり、木から採れたのに草原の風を思わせる清々《すがすが》しいの風味。

「牛乳だこれ！」

濃くておいしい、牛乳だ。

それもお値打ち価格の成分調整乳ではなく、スーパーで一番値が張るぐらいの牛乳だ。

「私も飲みたい」

せがむウカノにも飲ませてやると、一気飲みして口に白髭《しらひげ》を作り満足そうにけふっと息を吐いた。

「おいしい。私これ好き。でもあったためたらもっとおいしいと思う」

「それな」

ホットミルクは人類の叡智《えいち》。

もちろん冷やしてもおいしいし、風呂《ふろ》上がりのよく冷えた牛乳を一杯なんてたまらない。

チーズにバター、シチューと用途無限大だ。

一気に食卓が華やかになるぞ！　アカルナニアもこれなら満足するに違いない。

白濁樹液は最高の食材じゃない。だが俺は最高の調理を成し遂げた。

調理された白濁樹液は、要するに牛乳だ。

俺は俺が知る最高の牛乳料理で今回の発起人アカルナニアを持て成す事にした。

最高の牛乳料理……つまりホワイトシチューだ。

ゼロから作るホワイトシチューは死ぬほど手間がかかる。

しかし手間をかけるだけの価値がある美味《うま》さだし、何かと世話になったアカルナニアには最高の礼をしたい。

俺はエプロンを新調し、鍋《なべ》を綺麗に磨《みが》き、気合を入れて調理に取り掛かった。

時刻は昼過ぎ。時間のかかる料理だが、夜の開店には余裕をもって間に合うだろう。

まずは塩を一つまみ入れた瓶《びん》に牛乳をたっぷり注《そそ》ぐ。

それを冷凍庫に入れてギリギリ凍《こお》らない温度まで冷やす。

冷やしたら、取り出して振る。とにかく振って振って振りまくる。

振ってるうちに温《ぬく》まってきたらまた冷やして、取り出して振る。無心で振る、振る、振る。

「はぁーっ、はぁー……！」

やべぇ。まだ一番最初の手順なのに既に疲れた。

う、腕が痛い。肺が、息が……！

小一時間牛乳をがむしゃらに振りまくると、白い牛乳の中にちょっと黄色みがかった白い塊ができた。これぞ牛乳の変化形態、バターだ。手こずらせやがって！

貴様のような問題児は清潔な布で水分を濾して固めてもっと美味しくしてやる！

バターを自然乾燥させている間に、今度は生クリームを作る。

まず牛乳を鍋に入れ、沸騰《ふっとう》させて殺菌。

それを冷やし、泡だて器で泡立てまくる。

牛乳にたっぷり空気を含ませるようにリズミカルにちゃっちゃかちゃっちゃかと。

泡立てて、泡立てて、泡立てる。

「ぜはぁーっ、ぜはぁー……！」

う、腕が壊れる。肺が破裂しそうだ……！

絶対にドグドグに自動泡だて器を発注しようと心に決めながら、俺はなんとか全手動でふわふわ真っ白の生クリームを作り上げた。

生クリームを作り終えた頃にはバターの水分が良い具合に抜けていたので、次の手順に入る。

キメ細かな小麦粉とバターを1：1で混ぜ、加熱してトロリとしたルーを作る。

そしてそのルーに温めた牛乳を少しずつ加えていく。

もったりしたトロみのあるルーは少しずつ牛乳と混じり合い、クリーミーなソースになった。

そのソースを目の粗《あら》い清潔な布で　濾し、舌触りの悪い粒や塊を取り除けばベシャメルソースの完成だ。

で、このベシャメルソースを、生クリームと混ぜる！　オラッ！　混ざれ！　均一に混ざれ！

俺は苦労の果てにようやく出来上がったひと鍋分の白く美しいホワイトソースを前に汗を拭《ぬぐ》い、冷えた水を一気飲みした。

まだソース作っただけなのにめちゃくちゃ疲れた。

宮廷料理人がソース専属部門を作るわけだよ。ふざけやがって。

しかしそれもこれもアカルナニアのため。

あいつはアイデアをくれ、食材を採ってきれくれ、助けてくれた。絶対に最高の料理で礼をするのだ。

美味いと言ってもらうためなら、美味い飯を食うアカルナニアの笑顔を見るためなら、休んでなんかいられない。

がくがく震える腕をもみほぐし、短い休憩を終えて続きに取り掛かる。

鍋に薄くバターを敷き、みじん切りにした根菜を弱火でじっくり炒め、甘みを引き出す。

根菜が飴色《あめいろ》になったら皮を剥き塩もみしてぬめりを落とした芋を追加。

さらに一口サイズに揃えて切った霞肉、火の通りやすい野菜を順番に加え、軽く焦げ目《め》がついたら温めたホワイトシチューの海に投入。

あとは弱火でじっくりコトコト煮込めばいい。

煮込んでる間も暇じゃない。付け合わせのサラダとホットミルク、パンを準備する。

パンはバターをたっぷり塗ってこんがり焼いたバタートーストだ。たまんねぇな!

「お父さん。もうすぐ夜になるけど、看板『開店』にしていい?」

厨房にひょこっと顔を出したウカノが尻尾で開店看板をぶら下げて見せながら聞いてくる。

窓の外を見ると夕焼けの茜色《あかねいろ》は夜の闇《やみ》にとって代わりつつあった。

もうこんな時間? あぶねー! 昼から作り始めて良かった。ギリギリ開店に間に合った。

「今最後の仕上げしてるから、店前の掃除だけやって看板変えてくれるか?」

「分かった。アカルナニアは待たせとく」

「え、アイツ開店待ちしてんの？　それなら先に席に通してくれ」

俺は急いで角切りの食パンをバターで炒め転がしサクサクのクルトンを作り、深皿によそったホワイトシチューに散らして料理を完成させた。

料理を載せたトレイを持ってフロアに行くと、アカルナニア自分の他に誰もいない店内を物珍しそうに見回していた。

「あ、ヨイシ。ウカノちゃんから先に入って良いって言われたんだけど」

「アカルナニア、お前には誰よりも早くコイツを食らう権利がある。いや、ぜひ食ってくれ」

刮目《かつもく》せよ。これが特製迷宮シチューじゃい！

俺がシチューをテーブルに置くと、アカルナニアは不思議そうに俺と料理を見比べ、湯気と共に香るたまらん匂《にお》いを吸い込み、ハッとして目を見開いた。

「え、これ白濁樹液の料理⁉　すごい美味しそうなんだけど⁉」

「だろ？　食え」

「これボクのために作ってくれたの？」

「当たり前だろ。これはアカルナニアのための料理だ。遠慮はいらん、食え」

俺は一瞬アカルナニアが抱き着いて来るんじゃないかと思った。

それぐらい感情に溢《あふ》れた顔で言葉にならない鳴き声を上げたアカルナニアだったが、俺が冷めないうちにとシチューを手で示すとめちゃめちゃ迷ってからスプーンを取った。

　クリーミーなホワイトシチューをたっぷりすくって一口食べ、ゆっくり味わったアカルナニアはスプーンを取り落としかけた。

「うまいか」

「！！！」

　貧弱語彙を超えて語彙を失ったアカルナニアは激しく頷き、脇目《わきめ》も振らずシチューを食べ始める。

　うまいか聞くなんて野暮《やぼ》だったな。食いっぷりを見れば分かる。

　これだけ夢中になってくれるなら苦労の甲斐があったってもんだ。料理人冥利《みょうり》に尽きる。

　……でも一品に毎回こんなに苦労したんじゃ俺の体が壊れてしまう。

　次からは同じ味をもっと簡単に出せるように工夫しよう。それもまた料理人だ。

迷宮食材名鑑No.7

# 白濁樹液

はくだくじゅえき

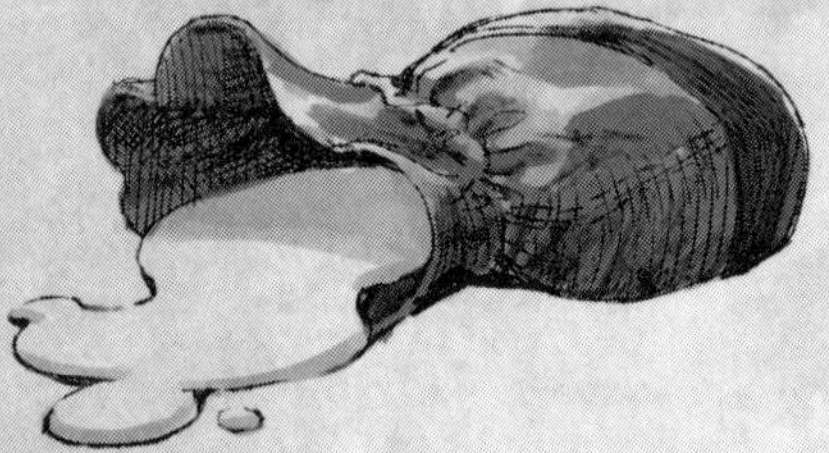

迷宮中層の斑模様の木から採れる白濁した樹液。迷宮中層には毒沼が点在しており、その中に生える木は解毒作用を帯びる。冒険者はこれを解毒薬に利用する。

そのままでも食べられるが、ヨイシの酒場に持って行くと乳製品に加工してくれる他、買い取りもしてくれる。値段はそれなり。冒険中消費したポーションの空き瓶に詰めて帰るのが効率的だろう。

ミルクは濃厚で舌に余韻を残す味わい。チーズやバターは多少クセがあり、肉料理と相性抜群。

現状、育乳作用は確認されていない。

ヨイシの迷宮料理は冒険中「女神の涙」以外で疲労値を回復する唯一の手段である。

冒険出発前に「チーズ持った？」の確認を忘れないようにしよう。

# 八品目 紅《ぐ》蓮《れん》瓜《うり》

味覚とは才能ではなく、育てるものだ。

俺《おれ》もそんなに詳しいわけじゃないけど、子供の頃にいろんな美味《うま》いモン食ってると味覚が鋭くなるらしい。

つまりウカノは味の英才教育を受けている。

何しろ感受性豊かな子供のうちから俺の料理をしこたま食っているのだ。

末は超一流料理人か世界一のソムリエか。

ウカノが将来どんな仕事に就いても幸せなら嬉《うれ》しいが、料理関係の何がしかになってくれたら育て親として誇らしい。

ウカノがどんな大人になるかはさておき、今は看板娘として客席の間を縫うように配膳して回り、チーズピザを食って熱狂しているユグドラに追加のクルミを給仕しながらニコニコ絶賛を聞いている。

「うわすごっ、伸びる伸びる、まだ伸びるこのチーズ！　チーズの橋ができた！　しかも、はぐぐ……んんッ！　うんまいッ！　これがチーズピザ！　舌までチーズになっちゃったみたいだ！」

「ユグ、チーズ好きならお父さんイチオシのカルパッチョあるよ。新鮮な薄切りのお肉にねぇ、チーズかけてバター絡《から》めて食べるの」

「おぉ……おいしそう！　ヨイシさん、カルッパチョ下さい！」

「ワインは？　今日のワインはね、ちょっと渋《しぶ》めでチーズに合うよ」

「ワインも！」

目を輝かせるユグドラの隣で、セフィはのんびりホットミルクを飲みながらクルミとレーズンを交互に摘《つ》まんでいる。

セフィはワインを運んできたウカノの口にレーズンを入れてやり、角に触らないように瑠璃色《るりいろ》の髪を優しく撫《な》でた。

ウカノは口をもごもごさせながら心地よさそうに目を細める。

「ウカノちゃんは毎日お手伝い偉いね。夜遅くまで起きて眠くない？」

「大丈夫。お昼寝してる。寝る前にね、ホットミルク飲むとぐっすりだよ。お父さんもコテンって寝ちゃう」

「そうなんだ？　ヨイシさん、これって睡眠導入作用もあるんですか？」

「さあ？　白濁樹液《はくだくじゅえき》の牛乳を推したアカルナニアは美容に良いって話しかしてなかった」

アカルナニアは牛乳ができて以降、隔日で早朝の冒険前にやってきて新鮮な牛乳を爆買いしていっている。

美容効果が表れてるかは分からんが、骨はすっごい丈夫になってそう。

「アカルナニア……『冥界剣《めいかい》』のカルナさんですか？　ここの常連の？」

「たぶん。やたらかっこいい二つ名だな」

つよそう。酒場だとあんなにふにゃふにゃしてるのに迷宮ではぶいぶい言わせているらしい。

俺も魔剣とか聖剣に選ばれたら喜んで冒険行くんだけどなあ。

代わりに包丁《ほうちょう》に選ばれたみたいなとこある。

とりとめもない妄想をしていると、セフィは俺の言葉尻を捕まえて勝手にヒートアップした。

「そうなんですよ！　カルナさんはすごくかっこいい方で、困ってる冒険者を見つけると颯爽《さっそう》と助けてお礼も受け取らず風のように行ってしまうんです！　強くて華麗で優しくて。男装もお似合いで素敵ですよね」

「僕たちも助けてもらった事あるんですよ。すっごく綺麗《きれい》で流れるような魔剣技で……迷宮で助けてもらった時は全然表情変わらなくて怖かったんですけど、酒場で見たらニコニコしててびっくりしました。笑い上戸なんですね」

「や、ユグ。あれは笑い上戸なんじゃなくてたぶん……」

セフィは俺の顔を見て言葉を切った。何？

「なんだよ。気になるだろ」

「いえ、なんでもないです」

「なんでもないならいいか」

俺は頷《うなず》いて話を流した。

話してる途中で「あ、これ言ってもしょーもないな」って気付いてやめる事あるよな。

そんなこんな、今日も今日とて看板娘と無限に料理を作る俺は父娘で空腹冒険者をさばき酒場の夜は更けていく。


白濁樹液から作られた乳製品は酒場の料理のバリエーションを一気に増やした。

とろけるもちもちチーズピザ、こってりカルパッチョ、塩気を効かせたナチュラルチーズ、野菜たっぷりクリームシチュー、濃厚カルボナーラなどなど。

一応メニューには全《すべ》て書いてあるが、客は一気に増えた目新しい料理名の数々にワケが分からなくなってしまい、「チーズと肉」「バターで魚」「ガッツリ食いたい、何かおすすめ」などフワッとした注文が来る事が多い。

ひどい時には「飯と酒」なんていう身も蓋《ふた》もない注文をする奴《やつ》もいる。

それでも出した飯の味に文句《もんく》は出ないから（飯の量にはたまに文句が出る）、迷宮料理は大人気だ。

しかし俺は知っている。

新メニューの人気にあぐらをかいて油断すると、ブームが去った時に落ちぶれると。

それを防ぐには流行《はや》りを定番に変えてしまうか、新作を次々と出すか、だ。

俺はどちらもやりたい。

冒険者たちに美味い飯の味を刷り込みつつ、そろそろ新しい料理を開発する頃合《ころあ》いだ。

次の食材は野菜、できればトマトが良いと考えている。

まずウチの店にはお通しが足りていない。

冷ややっことか枝豆のような、酒場に来た空腹の冒険者たちにサッと出せる軽いメニューが少ないのだ。

酢漬け野菜のスティックとうまクルミぐらいか。

酢漬け野菜はみんな食べ飽きているから実質クルミ一択。ここに新鮮野菜のサラダを加えたい。

冷やして塩を振った輪切りトマトはそれだけでサラダとして成立するから優秀だ。

それこそチーズと合体させてカプレーゼにしてもいい。

そもそも酒場に野菜を入れたいという欲もある。

迷宮料理は着々と種類を増やし、肉も酒も果物《くだもの》もある！　でも野菜はない。

鮮度のない酢漬け野菜だけでやりくりするのは限界がある。

採れたて生野菜を新鮮なままいただく！　やっぱこれよ。

特にトマトは使い道が広い。サラダは当然として、トマトソースやケチャップにも。

チーズの旨《うま》さでゴリ押ししているピザにもトマトソースをかけて焼きトマトを載せ、ピザの王様マルゲリータにできる。

色彩も良い。トマトの鮮やかな赤色は料理に華を添えてくれる。

この世界にトマトそのものがあるとは思っていない。

でもナシによく似た月果《げっか》があったし、リンゴに似た陽果《ようか》もあった。

植物はたくましい。

色々な環境に適応し、色々な実をつけるように進化し、そしてそれは生存繁殖効率を追求した結果一定の特徴を持つモノに行きつくはずだ。

トマトみたいな野菜はきっとある。

今回は酒場の冒険者に声をかけて依頼するのではなく、冒険者ギルドを通して依頼を出す事にした。

トマトの絵を描き、迷宮で似たような野菜を見つけて採ってくれば金を出す！　と懸賞金をかけるのだ。

迷宮のどこに生えているかも分からない、生えていない可能性の方が高いようなものを探すのだから人海戦術が一番いいと踏んだ。
一、二組の冒険者に本腰を入れて探してもらうより、たくさんの冒険者にそれとなく気を付けてもらった方がきっと効率的だ。
探偵を雇って人を探すか、目撃情報に金を払いますと書いた張り紙を貼《は》るかの違いとでも言おうか。

不特定多数の冒険者に依頼を出す以上、イラストは必須だ。文字を読めない冒険者は多い。

文字でズラズラ特徴を書いても伝わらないから、トマトの絵を描き、報酬の数字をデッカく書いてやらなきゃならん。

昼間の手すきの時間を使い、ウカノの絵具を借りてカウンターテーブルでイラストを描く。

トマトは……こんな感じだろうか？

自分の描いた絵を遠ざけたり近づけたりしてみるが、リンゴなのかトマトなのかよーわからん。

まあいいか、と俺は思ったが、カウンターの反対側から身を乗り出して絵を覗《のぞ》き込んだウカノの意見は違った。眉根《まゆね》を寄せて絵筆を手に取る。

「これ、赤い野菜描こうとしてるんだよね？　私も描いていい？」

「おお、描いてみ」

「任せて。あのね、こういうのはべたーって色塗りするとニセモノみたいになっちゃうから、こうして……」

ウカノはこなれた手つきで絵具を混ぜ、絵筆を滑らせどんどんトマトを描き上げていく。

ウカノはトマトの実物なんて見たことが無いはずなのに、俺のお絵描きを元にしてかなりリアルなトマトを描いてみせた。

なんと。天才か⁉

「上手《うま》いな！　すげーじょうず！　絵の描き方なんてどこで覚えたんだ？」

「隣の雑貨屋の奥さん。この前ね、荷降ろしのお手伝いして仲良くなった」

「あー」

あのおばちゃんね。

ウカノがちょこちょこお隣に遊びに行ってるのは知っていたが、絵なんて習ってたのか。

上手くなるわけだ。

お隣のおばちゃんは俺が爺《じい》さんの店を継ぐ時看板の色直しをしてくれた。

なんでも昔は画家を目指してたらしい。

今度おかずを何品か持ってウカノと仲良くしてもらってる礼に行かなきゃな。

隣の家の娘にタダで職能を与えてくれるとはまったくありがたい話だ。

ウカノの愛嬌《あいきょう》の前では節約の鬼も形無しか。

ウカノの絵に簡単な依頼概要と報酬額を添え、冒険者ギルド持って行って依頼金を払い貼り出してもらう。これで後は結果待ちだ。

果報は寝て待てと言うが、のんびり寝てもいられない。

俺は依頼と並行してトマトもどきの取り寄せもした。

王国名産名鑑で調べたところ、「紅蓮瓜《ぐれんうり》」というトマトに似た野菜があると分かった。

紅蓮瓜は北方の高山に生える特産品で、ドラゴンの糞《ふん》を栄養にして育ち、火の如《ごと》く赤い紅蓮の実をつけるという。ファンタジーって感じだ。

王都ではこの紅蓮瓜を潰《つぶ》して煮込んで壺《つぼ》に詰めたものがスープやソースに使われているとか。

トマトっぽい。料理人としてこの紅蓮瓜くんは一度味わっておきたいところだ。

俺は新鮮な紅蓮瓜を仕入れるべく、快速飛竜便のおっちゃんを訪ねた。

街はずれの着竜場でシュッとした体形の小型飛竜に骨魚《ほねざかな》を喰《く》わせていたおっちゃんは俺を見ると気さくに手を上げて挨拶《あいさつ》してくれた。

「よう、酒場のあんちゃん！　一昨日はサンドイッチの差し入れありがとよ。ちょっと残して息子の土産《みやげ》にしたらエラい喜んでなあ。良かったらまた作ってきてくれよ。金なら払うからよ」

「ちわす。そんなに気に入ってくれたんなら嬉しいですね。料理人冥利《みょうり》に尽きるってもんですよ。これ、またサンドイッチ作ってきたんでどうぞ！　ただすみません、息子さんの分は勘定に入れてなくて……」

「いやいや助かる！　どれどれ具は肉と果物と。こりゃチーズか？　おいおい、こんな高いものをまあ。くれたんだから貰《もら》うが、他の街の酒場の噂《うわさ》仕入れてくるぐらいじゃチーズには釣り合わんぜ。

大したモン返せんぞ」

チーズが高い？　おっちゃん、それはちょっと情報が古いぞ。

「それがですね、実は最近迷宮の食材でチーズとバター作れるようになったんですよ。だから値段は全然」

「はぁっ、チーズを⁉　あんちゃん凄《すご》いな⁉　今日もあんちゃんが食えるようにした霞肉《かすみにく》を山みっつ向こうの街まで届けたんだぜ。なんだい、しまいにゃ迷宮丸ごと食えるようにするつもりかい」

「やー、流石《さすが》にそこまでは。地道にちょこちょこやらせてもらってますよ。ところでですね、折り入って相談があるんですけども」

「おっとこりゃサンドイッチに釣られたか？　まあ話してみな」

おっちゃんは豪快に魚臭いゲップを吐いた飛竜の頭を角を避けて撫でてやりながら促《うなが》した。

俺が紅蓮瓜を仕入れられないかという話をすると、おっちゃんは渋い顔をする。

無理ですかね？

「瓶詰《びんづめ》ソースじゃなくて生がいいんだろ？　あんちゃんの料理一筋なとこは分かってる。頼みは聞いてやりたいがキツいな。紅蓮瓜を産地からこの街に直送するんなら……大型竜の制空域を避けて飛んで……季節風を捕まえたとして……霊峰越えに二日……王都で乗り継いで……そうさな。全部順調に行っても七日はかかるぞ。運んでる間に傷んじまうだろ」

指折り数えて出された見積もりは厳しい。

七日かあ。鮮度がもつかどうか怪しいな。

「運んでる間ずっと魔法で冷やしてもダメですかね」

「なんだ、そこまでやるのか？　目ん玉飛び出るような金かかるぞ」

「金に糸目はつけませんよ。なんなら相場の倍額だって出します。なんとかお願いできませんか？」

「んー、ま、あんちゃんの頼みだしな。いいぞ、運んでやろう。金は通常料金でいいから、俺が準備してる間にサンドイッチもそっと作ってきてくれや」

「おおっ、ありがとうございます！　助かります！　すぐ作ってきます！」

「あ、ワインも一瓶《びん》つけてくれ」

「イイの持ってきます！」


俺は無理を聞いてくれたおっちゃんに気合を入れてサンドイッチを作り、ワインをつけて渡し出立を見送った。

片道七日なら往復十四日だ。それも最短で。

こんな個人単発長期依頼を即日で引き受けてくれたおっちゃんには感謝しかない。ありがてぇ～！


そして十五日が経《た》ち、おっちゃんはひと籠《かご》の紅蓮瓜を仕入れて戻ってきた。

厚く礼を言って金貨袋を払い、酒場に戻って梱包《こんぽう》材の枯草《かれくさ》をどかして中を確認するが、残念ながらすっかり萎《しな》びてしまっていた。

赤い皮には艶《つや》がなく、ヘタの付け根を指で押し込むとブニブニしていて、かなり傷んでいるのが分かる。腐《くさ》ってはいない。

紅蓮瓜が凹《へこ》めば俺も凹む。

採れたてを魔法で冷やしながら最速で輸送してもらってこれかよ！

これ以上の鮮度で仕入れるなんて無理だぞ？

この萎びたトマトの仕入れですらぶったまげるぐらいの馬鹿《ばか》げた金かけたんだ。

よしんばもっと新鮮に仕入れる方法があったとしても破産してしまう。

たびたび思うが、このザマでは市場の食材が貧相《ひんそう》なのもしゃーなしだよな。

輸送に金と時間がかかり過ぎる。

街の中で野菜を作れれば理想だが、この街は迷宮のせいで土地が痩《や》せ、作物はまともに育たない。

傷みにくい芋《いも》と酢漬け野菜がデカい顔するわけだよ。

荒れた空き地にしぶとく茂る雑草《ざっそう》が憎たらしい。

とはいえせっかく仕入れた生野菜。どんなもんか味を確かめてやろうじゃないか。

匂《にお》いを嗅いで腐っていたり酸っぱくなったりしていないのを確認してからひとかじり。

「うーん……」

口の中で潰れる赤い実はハリを失いぐちゃっとしていて、お世辞にも食感が良いとは言えない。

しかし味の方はなかなかだ。穏やかな酸味と控えめな甘み。

苦手《にがて》な人も多い特有の青臭さはこれだけ痛んでいても鮮度を錯覚させる。

後味も爽《さわ》やかに吹き抜けていくようで潔い。

これを新鮮なうちにサラダにできたら最高だろうな。

それにこれは……なんだろう？　気のせいか体がぽかぽかしてきた。

決して辛くないし、熱くもないのに。

むむ。いや、気のせいじゃないぞ？

確かに暖かさを感じる。まるで腹にじんわり燃える熾火《おきび》が生まれたようだ。

不思議な感覚だ。でも嫌いじゃない。

奇妙なぽかぽかは少し経つとゆっくり引いていき、すぐに感じなくなってしまった。

なるほどね。ドラゴンの糞で育つという話に偽り無しだな。

きっとドラゴンもこういう感じで腹にブレス用の火を持っているのだろう。知らんけど。

籠に残った赤い実を腕組みして眺め、総評を下す。

紅蓮瓜は良い食材だ。採れたて新鮮なら間違いなく数段おいしくなる。

しかしコレはもう鮮度が落ちてしまっているから、残りは熱を通してケチャップとソースにしようか。

どうせ加熱加工するなら高い金出して生のまま仕入れるんじゃなかったかな……でも実際に取り寄せてみないとどんな感じか分からなかったし。これも経験か。

鍋《なべ》と裏ごし用のザルの準備をしていると視線を感じる。

顔を上げると、食べ物の気配を嗅ぎつけたウカノが階段の手すりに手と頭を乗せて物言いたげにこちらを見ていた。

「見つかっちゃった。それ私も食べていい？」

「いいぞ。ただ、傷んでるから食べ過ぎはダメだ。腹壊すからな」

「分かった。今ね、メニューに載せる絵描いてるの。描けたら見て」

「おー。楽しみにしてる」

ウカノは紅蓮瓜を一つ口にくわえ、もう一つ手に持って二階に上がっていった。

食いしん坊さんめ。いっぱい食べて元気に育て！


さて。


店を開け、遠征から戻ったばかりのくたびれ果てた冒険者団体様に腕によりをかけたごちそうを振る舞い、店内に乗り込んできた鬼の形相の嫁に引きずられていく青い顔の冒険者を為す術《すべ》もなく見送り、しつこく俺の誕生日を聞いてくるアカルナニアに知らんと答え（地球の暦とこの世界の暦が違うので本当に分からん）、真夜中過ぎに帳簿を付けて本日も店じまいと相成る。

いつもならウカノが部屋の窓辺で育て始めた鉢植えの成長絵日記を読み聞かせてもらってから寝るところだが、今日は迷宮食材の調理研究を始めるのでウカノは眠そうな目をこすりこすり厨房《ちゅうぼう》に居座った。

依頼を貼り出してから数日経ち、トマトっぽく見えなくもないものから似ても似つかないものまで色々集まって来た。

今日はそんな冒険者が集めてきたそれっぽいモノを片っ端から試す。

「これも紅蓮瓜なの？」

「いや石胡桃《いしくるみ》」

ウカノが雑多な納品物の中から訝しげにつまみ上げたのは血で赤黒く染まっただけの石胡桃だ。

これを納品した冒険者はどこに目ぇつけてんだ？　探してるのは野菜だっつってるだろ！

納品報酬欲しさに納められたのか、血や絵具や何かの汁で石や茶色い木の実を塗ったモノはまず除外。

騙《だま》す気満々過ぎて怒りを通り越し呆《あき》れが来る。

迅速に正確な納品をしてくれるユグドラ、セフィ、アカルナニアは例外なんだなとしみじみ思った。

何を勘違いしたのか納品物に交ざっている火魔石も除外する。

確かに赤くて丸いけど、これはどう見ても石だろ。気付け。

魔石なら俺の依頼に納品するより普通にギルドに売った方が高値つくぞ。

でもこの魔石はせっかく納品してもらったんだし貰っておく。ちょっと儲《もう》けた。

で、これは糞桃《くそもも》ね？　特に濃いめに色づいた物で、まあ赤く見えなくもない。

上層をうろついてる冒険者が「これだな!?」と喜んで収穫し納品に走った光景が見える見える。

でも違う。残念賞だ。

それからこれは野菜じゃなくて花ね？

花びらの真《ま》っ赤《か》な色合いは完璧《かんぺき》にトマトだ。でも花だ。

これ納品した奴は絶対色だけ見ただろ。

お花とお野菜の区別はちょっと難しかったかな？

形にも注目してほしかったかなー。残念賞。

念のために花びらを食べてみたが、特に味はしなかった。

そして最後に残った納品物がコレ。名前も分からない。枝付きの赤い実だ。

野菜ではないけど、赤いし木の実だし、一番依頼内容に合致している。

でもなあ。なんつーか、これ見た目が完全にクリスマス飾りのアレなんだよな。

名前なんだっけ？　ヒイラギ？

尖《とが》った濃い緑色の厚い葉っぱの付け根にイクラぐらいの大きさの木の実が二十個ぐらいまとまって実っている。

クリスマスの日にドアとかに飾られてそう。

これって食えたっけ？　いやでも分からないな。こんな見た目でも味はトマトかも。

少しばかりの期待を込めて一個だけ口に放り込んでみる。

「んー……まあ……」

ベリー類から甘さを全部引っこ抜き、生木っぽさを足した感じだ。

食べる事はできるけど、食用の味じゃない。もちろんトマトでもない。ダメです。

俺が食べたのを見てウカノが五、六粒一気に口に放り込んだが、微妙な顔をしてモゴモゴした後丸呑《まるの》みした。

「これ紅蓮瓜じゃない」

「それはそう。ま、こんな時もある」

納品されたトマト候補は全て没という事で、本日の調理実験はあっさり終了。

ウカノ！　歯磨《みが》きして寝るぞッ！　虫歯怖いからな！


依頼の貼り出しからしばらく経ったが、トマト捜索は難航している。

今までの納品で一番近いやつはアカルナニアが下層序盤で採ってきた溶岩珠《ようがんじゅ》だ。

間違って口に入ると全身の血液が沸騰《ふっとう》するとかいう超危険な霊薬の素材である。

触っただけで手が焼け爛《ただ》れる赤熱した珠はとても食材とは思えず、調理は断念した。

ありゃどう考えても錬金術師の領分だ。料理人の出る幕じゃない。

冒険者は拾ったものをなんでもやたらめったら納品するし、俺が冒険者ギルドによっぽどかけ離れていなければ納品を受け付けてくれと頼んであるから、植物だからいいでしょと言わんばかりに実ですらないただの雑草を納品する不届き者もいる。

それで図《はか》らずも知ったのだが、この街にはびこっている雑草はどうも元々迷宮に生えていたらしい。

昔冒険者が迷宮から持ち出してきた生命力旺盛な草花が、街の痩せた土地に根付いて広がり支えているのだ。

迷宮のせいで土地が枯れ、迷宮のおかげで土地が枯れきらない。

殴ってから優しくしてくＤＶ彼氏みたいだ。なんかヤだな。

この土地枯渇というのはけっこう色々な問題を生む。

作物がまともに育たなかったり、井戸が枯れたり。

土地枯渇は迷宮最奥にいる迷宮の主《ぬし》を倒し迷宮を崩壊させれば回復するのだが、言うは易《やす》く行うは難しい。

冒険者がいつか何とかしてくれるまで、俺たちのような一般市民は誤魔化《ごまか》しなんとかやっていくしかない。

例えばウカノは最近紅蓮瓜の種を鉢植えに植えて育てているのだが、成長ぶりが思わしくない。これも迷宮のせいだ。

栄養が抜けたパサパサの土で育てているせいで茎はやせ細り、葉は黄色っぽく変色して小さい。

ウカノは毎朝せっせと水やりして日当たりを変えたり歌を歌って聞かせたりしているが、このままでは花を咲かせ実をつける前に生育不良で枯れてしまう。

紅蓮瓜は元々高山に生える作物だから、そもそも育成環境が悪いのもある。

土地が痩せたこの街で紅蓮瓜を栽培するのは最初から無理筋だと分かってはいたものの、元気の無い苗を見てしょんぼり肩を落とすウカノを見ると俺まで悲しくなってくる。

だがウカノ、悲しむ事はないぞ。お父さんがなんとかしてやる。

栄養の無い土で育てているせいで枯れかけているのなら、栄養を足してやればいい。

単純な話、肥料を買ってきて施肥《せひ》すればすぐに苗は元気を取り戻すだろう。

肥料は迷宮のせいで痩せた土地に使われる一時しのぎのドーピング剤として一定の効果と需要があるのだ。

苗が元気になればウカノもきっと元気になる。

この街の園芸屋では人や馬、犬の糞尿を集めて肥料を作っている。

そうして得られた肥料はだいたい全て貴族様の御領の畑に使われるが、少しだけ市民にも卸される。

園芸屋は街の端にあるから、ここはひとっ走り……

……待てよ。これはウカノを一人でお使いに出す良い機会なのでは?

娘の将来を思えばいつまでも酒場の近くに囲い込んで暮らさせるのは良くない。

どこに行くにもお父さんが一緒、一人で行けるのは三軒隣まで。

そんな事では一生独り立ちできない。

ウカノはもっと遠くまで行って、行動圏も交友関係も可能性も広げるべきなのだ。

たぶん。少なくともそういうチャレンジ経験はあっていい。

俺は酒場のトイレの汲《く》み取りにやってくる園芸屋とは顔見知りだ。

嗅覚を潰して悪臭に鈍感になる料理のレシピを教えて恩を売った事もある。

ウカノを一人で行かせても俺の娘と知れば邪険にはされまい。

銭袋と紹介状を握らせ、街の端にある園芸屋の場所を教えると、ウカノは不安そうに目と尻尾《しっぽ》を泳がせた。

「私あのへん行った事ない」

「大丈夫だ。真っすぐ行くだけだから迷わない」

「……こわい。お父さん、ついてきて」

袖口《そでぐち》をきゅっと握ってお願いされ頷きそうになったが、心を鬼にして首を横に振った。

「ごめんな、俺は忙しいんだ。一人でお使いしてほしい。頑張《がんば》れそうか？」

「うぅ……がんばる」

ウカノは尻尾をうなだれさせ、何度も俺を振り返りながらトボトボ出かけていった。

心が痛い。ウカノすまーん！

でもいつかはやらなきゃいけない事だ。がんばれ初めてのお使い。

俺だって金物屋とか冒険者ギルドの職員さんとか市場の行商人とかのコネを酒場経営に役立てている。

街に広く顔を繋《つな》げておけば、困った時にきっと力になってくれる。

珍しい食材入った時に教えてくれたりね。

紅蓮瓜の仕入れも正にこういう人脈あってこその成果だし。

朝市で会った空腹の飛竜便のおっちゃんにサンドイッチ渡して良かった～。

俺はウカノが出かけていき酒場の扉が閉まるのを見て、しばらく待ってから足音を忍ばせ後を追った。

娘の初めてのお使いが心配にならない親がいるか？　いるわけねーよ。

道に迷って泣いちゃったらどうすんだ。

ウカノは酒場を出てからしばらくは、道の端っこの物陰から物陰へ身を隠すようにおどおど周りを気にして歩いていた。

俺と会う前にどういう感じだったのかがそこはかとなく滲《にじ》み出ていて悲しくなる。

が、ウカノを知っている冒険者と何度かすれ違い、そいつらがみんな笑顔でウカノに挨拶をしていく。

「今日も飯食いにいくぜ！」とか「看板娘じゃん。ヨイシによろしくな！」とか「お使い？　えらいねー！」とか。

で、距離をとってコソコソ尾行している俺に気付いてびくっとした後に半笑いで去っていく。

冒険者たちに気さくに挨拶されるうちにウカノも不安が解けていき、園芸屋に着く頃には胸を張り堂々と歩くようになった。

偉い。こうやって子供は大きくなっていくんやなって。

ウカノに優しく声をかけてくれていた冒険者たちには今度一杯奢《おご》ってやろう。

園芸店の中までは入れないので、店の外でそわそわと待っていると、ウカノはホッとした様子で肥料の小袋片手に何事もなく出てきた。オマケに一輪の赤いお花まで貰っている。

何の花かは分からないが食用じゃないのだけは間違いない。

園芸屋と仲良くやれたようで何よりだ。

肥料を買えて、後はもう帰るだけ。俺の出る幕なかったな。

いや一人でお使い行かせたんだから俺が出ちゃいけなかったんだけども。

見守りはここまでにしておこう。

花の香りを嗅いでニコニコしているウカノが酒場に戻った時には素知らぬ顔で待っていないといけない。

踵《きびす》を返し帰ろうとした途端、曲がり角から突然悪ガキの群れが現れ、ぎゃーぎゃー騒いで枯れ枝を振り回し泥《どろ》団子を投げ合いながらウカノに突っ込んでいくのが見えた。

「あぶな……！」

反射的に飛び出しそうになったが、ギリギリ思いとどまりなんとか身を潜める。

案の定ウカノは寸前で気付き、残像が残るぐらいの超スピードで全ての泥団子と子供たちを機敏に避《よ》け、ついでに園芸屋の看板にぶつかりそうになった泥団子を肥料袋で叩き落として守った。

すげー。動画編集で早送りしたみたいだった。これがフィジカルエリートか。

よそ見しまくりはなたれキッズどもは衝突事故を起こしかけた事に気付いた様子もなく、きゃっきゃ言いながら走り去っていく。

ちょっとカチンと来たが、俺は特に何もせず見送った。

奴らの進行方向に糞尿入りの壺をグラグラ危なっかしく積んだ園芸屋の台車が停《と》めてあるの知ってるからな。

そんな事よりも問題はウカノだ。

ウカノは何ともなかったが、急に高速移動したせいで貰った花が無残に折れて垂れ下がってしまっていた。

尻尾もへにょりとうなだれている。
ウ、ウカノーー！　泣くなウカノ！　大丈夫だ！　お前が怪我《けが》しなかったのが一番なんだから！
しかしショボくれていたウカノの立ち直りは早かった。

少し考え、肥料袋の端を爪《つめ》で切って紐《ひも》を作る。

そして子供たちが落としていった小枝を添え木にして花の折れた茎をぐるぐる巻きして応急処置した。

不格好になったが復活だ。

うちの子天才？　俺が何もしなくても全部自分でなんとかするじゃん。

折れた花の茎を骨折みたいに治せるかは知らんけど、ミカンなんかは接ぎ木で枝と枝をくっつけて甘い実をつけさせるっていうし……

………。

接ぎ木で？

待てよ。これはひょっとすると、ひょっとするのか？

早足で酒場に戻りながら、道中で雑草を毟《むし》り取りつつ考えをまとめる。

この考えが確かなら、今の今まで想像もしなかった角度から問題を解決できるはずだ。

俺は腕まくりをして気合を入れ直した。

さて、改めて。

酒場に戻り、少し遅れて帰ったウカノから肥料を受け取り褒《ほ》めちぎってから、二階の窓辺で育てている紅蓮瓜の植木鉢を見せてもらう。

「やっぱりだ！」

見比べると紅蓮瓜と雑草は葉っぱがとてもよく似ていた。

茎の色合いも似ているし、雑草の葉を手で揉《も》み潰すと紅蓮瓜に似た青臭さが漂う。

これ近縁種だ。

小松菜とチンゲン菜が親戚みたいな、そういう近しさが見て取れる。これなら接ぎ木できそう。

接ぎ木とは植物版の移植手術だ。

人が他人から腎臓を貰ってきて移植するように、植物も他の植物から枝を貰ってきて移植する事ができる。

接ぎ木技術が使われる作物の中でもミカンは有名だ。

甘い実をつけるけど木が虫や病気に弱いミカンがあり、実はおいしくないけど木が虫や病気に強いミカンがある。

そこで甘い実をつける枝を虫病気に強い木に接ぎ木して移植する。

すると虫病気に強い木が甘い実をつける枝に栄養を送って育ててくれ、虫や病気に邪魔《じゃま》されずに甘いミカンが実るわけだ。

これと同じ事が紅蓮瓜と雑草でもできるのではなかろうか？

痩せた土地でも力強く育つこのやたら頑丈《がんじょう》な迷宮原産雑草に、ひ弱な紅蓮瓜を接ぎ木する。

そうすれば、雑草から紅蓮瓜の枝が栄養を貰い、紅蓮瓜の実が生るはず。

何もドラゴンの腕をネズミに移植するような無茶をやろうってんじゃないんだ。

品種も近いみたいだしいけると思うんだよな。

「ウカノ、この紅蓮瓜の枝一本だけ貰っていいか？」

「え？　もらうって、き、切っちゃうの？」

「いやすまん忘れてくれ俺がどうかしてたごめん本当ごめんもう言わない」

「やっ、いいよ！　切っていいよ。枯れたりはしない……んだよね？」

「枯れない。端っこ切るだけだからな。でも一応肥料あげて元気にしてからにしようか」

確かに枯れかけの苗から枝を取るのはまずいかも知れない。

娘が大事に育てている苗に手を入れるのはちょっと外道な気もするが、ここは甘えさせてもらいたい。絶対枯れさせないから任せろ。

俺は鉢植えに肥料をあげて数日待ち、元気になってから雑草に紅蓮瓜を接ぎ木した。

接ぎ木なんてうろ覚えの理論を知っているだけで実際にやった事は無い。

何度かの失敗を覚悟したが、驚くべき事に一発で成功した。

俺の手際や工夫がどうとかではなく、単純に雑草の生命力が強すぎたのだ。

迷宮から地上に進出してしぶとく痩せ地にはびこる強靭《きょうじん》さは伊達《だて》じゃない。

接ぎ木の直後こそしなしなになった紅蓮瓜の枝だったが、雑草から力強く水と栄養を送られ瞬《またた》く間に元気を取り戻し、勢い余って爆速成長を始めた。

なんと接ぎ木から花を咲かせ実をつけるまでたったの二十日だった。

早過ぎだろ。二十日《はつか》大根かな？

雑草に接ぎ木した紅蓮瓜は原種よりずいぶん小さかった。

紅蓮瓜がトマトならこれはミニトマトって感じだ。

短期間で大きな実をつける野菜は大味・薄味になりがちだから、逆に小さいミニトマト、というより小玉《こだま》紅蓮瓜か？　小玉紅蓮瓜に育って良かった。

「これは紅蓮瓜なんだよね？　ちっちゃくて可愛《かわい》い。食べちゃいたいぐらい」

早速収穫して厨房の籠に盛った小玉紅蓮瓜を見て、ウカノは尻尾をぶんぶん振って目を輝かせた。

よしよし。じゃあ食べてみようか。

小玉紅蓮瓜は真っ赤で皮にハリがあり、水洗いして汚れを落とすとよく水滴を弾《はじ》いた。

ヘタをとり、真っ二つに切ればよく身の詰まった断面が顔を覗かせる。

果肉たっぷりで水気はあるのに水っぽくないのがいいね。美味そうだ。

軽く塩を振ってウカノと二人で口に放り込む。

うむ、独特の青臭さと酸味に甘み、僅《わず》かな塩気が合わさって正にトマトだ。

あーあー、薄皮が歯の裏に挟まるこのウザさ！　懐かしい。これだよ。これが野菜だ。

新鮮な野菜はそのまま食べるだけで美味いんだ。

ずーっと足りていなかった新鮮で爽やかな栄養が体に行きわたっていく気がする。生き返る〜！

小玉紅蓮瓜の味は小さいだけの紅蓮瓜だったが、産地直送で食べた紅蓮瓜と違い特有の腹の熱は感じなかった。

あれはきっとドラゴンの糞で育つ原種ならではの特徴なのだろう。

まあ腹の熱と美味さは無関係だしそこはどうでもいいや。

料理はおいしければいいんだよ。それだけでいい。

こんなに良い野菜ならなんにでも使えてしまう。

念願のとれたて新鮮野菜は料理に革命を起こすぞ。

牛乳もそうだが、これほど手広く使える食材はなかなかない。

チーズと合わせてカプレーゼは外せないだろ？

潰して煮込めばスープのベースにもってこいだし、チーズピザにソースと焼き紅蓮瓜《トマト》を載っければ一層味わい豊かなマルゲリータになる。

パンとも相性がいい。

新鮮野菜のサンドイッチなんてピクニックにはぜひ持って行きたい一品だ。

生産性も素晴《すば》らしい。

接ぎ木の元になる雑草はこの街のどこにでも生えている。

たった二十日で実をつけるから収穫ペースも抜群。

接ぎ木の概念とやり方を広めるのだけは大変そうだが、それさえ越えればこんなにおいしい野菜はない。

食料市場を席捲《せっけん》し破壊してしまわないか心配なぐらいだ。

紅蓮瓜は最高の食材だ。

そして俺は最高の工夫を成し遂げた。


紅蓮瓜の酒場デビュー日、酒場には困惑と賞賛が同じぐらい満ちた。

「うっわ、なんだこれ。おいヨイシ、このパスタ血まみれだぞ」

「それは紅蓮瓜の赤色だ。血の臭いしないだろ？」

「ほーん。紅蓮瓜だぁ？　聞いた事ねぇな」

フォークでパスタをつついていた隻眼冒険者は鼻をつまんでちゅるりと一本だけパスタを啜《すす》る。

「………………」

「どうだ？」

「見た目ほどにゃあ悪くねぇな」

いまいちな評価を下した割に、隻眼冒険者はしっかり完食しておかわりまでした。天邪鬼《あまのじゃく》め。

「なーヨイシ！　このスープさっきのと味ちげーんだけど！　どうなってんだ！」

また別の客からクレームが飛ぶ。

俺が行こうとすると、フロアで給仕していたウカノがささっと対応に出てくれた。助かる〜！

「さっきお兄さんが頼んだのはミネストローネ。あったかいスープ。それはガスパチョ。冷たいスープだから味違う」

「はぁ？　おんなじ紅蓮瓜のスープだろ。なんで味変わるんだよ」

「紅蓮瓜は熱通すと味変わる」

「よくわかんねぇ！　でもこっちのが好きだ！」

「冷たいのが好きなら紅蓮瓜のサンドイッチあるよ。ガスパチョにも合う」

「んじゃそれくれ。二人前！」

最初は見慣れない紅蓮瓜の真っ赤な色に戸惑っていた冒険者たちも、一品食べればその魅力に引き込まれていく。

独特の青臭さがダメな冒険者も、ソーセージにはケチャップを嬉々《きき》として山盛りにつけて食らっていた。

温めて良し、冷やして良し、加工しても良し。紅蓮瓜はかくも千変万化《せんぺんばんか》の万能食材である。

冒険者よ、真の美食を味わうがいい！

## 迷宮食材名鑑 No.8

# 小玉紅蓮瓜

こだまぐれんうり

迷宮植物に接ぎ木して育てられた紅蓮瓜。原種より小さいが、サッパリした酸味と爽やかな甘みを閉じ込めた赤い実であるのは変わらない。小玉を略して紅蓮瓜と呼ばれる事が多い。
「ヨイシの特別依頼」が貼り出されてからしばらく経つと店や市場に並ぶようになる。ヨイシの特別依頼はほとんど何を納品しても受け付けてくれるため小金稼ぎに良い。が、あまり荒稼ぎをするとギルドからの信頼度が下がるのでほどほどに。
小玉紅蓮瓜は貴重な新鮮野菜で、鮮度を活かしたサラダやジュースがおいしい。塩を振って丸かじりしても瑞々しい酸味と甘みを楽しめる。

ヨイシの迷宮料理は冒険中「女神の涙」以外で疲労値を回復する唯一の手段である。
冒険出発前に「紅蓮瓜持った?」の確認を忘れないようにしよう。

九品目　泥《どろ》蟹《がに》

紅蓮瓜《ぐれんうり》は町内会に頼んで接ぎ木のやり方を書いたビラと紅蓮瓜の種を配ってもらい、栽培と生産を少しずつ広めている。

農家に生産を頼むと、今まで別の作物を育てるために使っていた畑を紅蓮瓜のために空けてもらう事になってしまう。

だから一般のご家庭で育ててもらうのが一番だ。

一家庭あたりの生産量は少なくても、数が揃《そろ》えば十分な供給になる。

接ぎ木のベースになる雑草《ざっそう》は放っておいても元気だから、世話の必要はほとんどない。

主婦の方が家事の片手間にちょっと水やりをするだけで野菜が採れる。

料理の足しにしてもいいし、売り払って家計の足しにしてもいい。

酒場のご近所さんは俺《おれ》がいつも食材確保に奔走しているのを知っているから、作った小玉《こだま》紅蓮瓜を優先して融通してくれている。ありがたい事だ。

街の食料事情は変わり、酒場のセオリーも変わった。

今まではまず最初に酒とツマミを注文し、メインに肉か魚を食って食後の月果《げっか》でシメる冒険者が多かった。

もちろんいきなり肉！　酒！　肉追加！　酒酒酒！　帰る！　みたいな豪快な飲み方をしていく冒険者もいるから誰《だれ》でも同じなわけではないのだが。

しかし紅蓮瓜をメニューに加えてからは違う。

こだわるタイプの冒険者は自然とコース料理っぽい頼み方をするようになった。

本日ご来店の冒険者ギルド長もそういうこだわるタイプらしい。

俺の正面のカウンター席についてからメニューを開き、じっくり読み込んでいる。

冒険者ギルド長は四十代のおじさんだ。

髭《ひげ》をキッチリ剃《そ》り髪を整え、失明した眼《め》を補助するための魔導具眼鏡《めがね》はサングラスにしか見えない。

見た目が完全にインテリヤクザなんだよな。そこにいるだけで圧がある。

いつもどんちゃん騒ぎしている冒険者がギルド長に顔を向けられた途端に静かになり、テーブルから降りて椅子《いす》に座り直し大人しく酒を飲みだしたぐらいだ。

腕っぷしの方も相当なのだと分かる。

狼《おおかみ》の群れの中にドラゴンが紛れ込んだように酒場の雰囲気が変になってしまっているのは考え物だが、ウチは個室が無いから「別室にどうぞ」とも言えない。

常連には悪いが、そう何度も来る客でもない（はずだ）から今日だけは耐えてくれ。すまん。

しかし彼の噂《うわさ》はちょくちょく聞いていたが、御本人に会うと「本当に荒くれ冒険者のアタマ張ってるんだなー」という納得感が凄《すご》い。

只者《ただもの》じゃないオーラがある。仲良くなったら現役《げんえき》時代の武勇伝とか聞いてみてぇ〜。

とんでもない逸話《いつわ》がポンポン出てくるに違いない。

メニューを丁寧《ていねい》に最後まで読み込んだギルド長は見た目通りのいかつい声で感嘆を漏《も》らした。

「驚いたな。品数だけで言えば昔行った王都の一流料理店にも引けを取らんぞ」

「恐縮です。味の方もきっと負けてないですよ」

「期待しよう。だがどれがどんな料理なのかさっぱり分からん。この骨魚《ほねざかな》のほぐし身と紅蓮瓜の……というヤツはなんだ？」

「骨魚のほぐし身と紅蓮瓜のマリネはすっぱくてさっぱりした料理ですね。肉を食べる前に腹の準備をするための前菜としてオススメです。横に絵が描いてあるでしょう？　俺の娘が描いた上手な絵が。そういうやつですね」

「ほう。お前の娘はまだ子供だろう？　悪くない筆遣いだ。画家を目指しているのか？」

「どうでしょうね。まだ色々な事に遊びながら挑戦する年頃ですよ」

「そうか。存分に才能を伸ばしてやるといい……ふむ。ではこのマリネと噂のワインを頼む」

「かしこまりました」

前菜としてはマリネの他には丸ごと冷やし紅蓮瓜とカプレーゼが人気だ。

腹を空《す》かせた冒険者は注文してすぐ出てきて嬉《うれ》しいし、どちらも冷やしておいたのを出すだけで良いので俺としても助かっている。

「どうぞ。マリネとワインです」

「もうできたのか？　ずいぶん早いな」

「前菜は早く出せるのがウリなので。もちろんおいしいですよ」

ギルド長は頷《うなず》き、スプーンでマリネを一口食べた。黙って咀嚼《そしゃく》し、ワインで流し込んでから言う。

「なかなかだ。酢漬け野菜のようなものかと思っていたが、あっさりしている。肉の食感は無かっ

「たが風味はあるな？」

「霞肉を焼いた時に出る脂を隠し味に使ってます。本当は植物油がいいんですが値が張るもので」

「いや、いいんじゃないか？　コイツは蒸し暑い日に食いたいな。口も気分もさっぱりしそうだ」

ご満足いただけて何より。

話が途切れたタイミングでウカノがおぼんで顔の下半分を隠しながら遠巻きに様子を窺《うかが》ってきたので、指でマルを作って返しておく。

大丈夫だ、問題ない。

ギルド長の接客は俺が引き受けるから、ウカノはそのまま他の客を頼む。

「肉がお好きなら主菜は霞肉の煮込み料理でどうでしょう？」

「カニは無いのか？」

「あー、すみません。ウチでは扱ってないですね……」

「構わん。その煮込みにしてくれ」

「かしこまりました」

肉料理に取り掛かっている間にチーズとレーズンの盛り合わせを出す。

ギルド長がツマミを肴《さかな》にちびちびやっている間にハンバーグのタネに塩を振って網焼きにする。

ギルド長は脂がキツいお歳《とし》だから、網焼きで脂を落とすのがいいだろう。

脂を落としてから潰《つぶ》した紅蓮瓜と一緒に煮込めば酸味と合わさりサッパリ食える。

「お待たせしました」

「来たか。この煮込みは香りが良いな。待っている間腹が減って敵《かな》わなかったぞ」

ギルド長はもう待ちきれないといった様子でナイフとフォークを手に取り、煮込みハンバーグを豪快に真っ二つに切り分け思いっきり頬張《ほおば》った。

ハンバーグを口に入れたギルド長は一瞬止まり、低く唸《うな》りながらよく味わい、飲み込み、ワインを呷《あお》った。

そして二口目からは惜《お》しむように少しずつ食べ始める。

「ううむ、美味《うま》いな。ソースのおかげか？　腹が重くならん。これはくず肉をこねた、いやそれならもっと硬いか」

「強火の遠火で焼くといい感じになるんですよ。あとは余熱で軟《やわ》らかく」

「ふむ。話には聞いていたが、お前は腕の良い料理人だな。そこらの料理人じゃあ同じ料理は作れん。ウチの食堂で働くつもりはないか？」

「ありがたいお話ですが……」

「そうか。まあ覚えておいてくれ」

ギルド長はワインを五杯おかわりし、冒険酒を三杯飲んでからシメに月果を食べて会計した。

しかも金貨払いで釣りは要らんと仰せだ。太っ腹～！

食レポも「分かってる」感じだったし、俺の中の冒険者ギルド長好感度はうなぎ上りだ。

一人で飯屋巡りとかしてブツブツ言ってそう。

俺は帰り際のギルド長に心を込めて一礼した。

「またお越し下さい」

「いや、俺が来ると常連が嫌がるだろう。あの爺《じい》さんの後継ぎの料理を一度食っておきたかっただけだ」

黒眼鏡《めがね》の奥は窺い知れないが、まっすぐ見つめられているのを感じ俺は背筋を伸ばした。

「お眼鏡に適《かな》いましたか」

「悪くない。だが……お前はなんのために酒場をやっている？」

「え？　客に飯を食わせるためですが」

突然の意味深な質問に面食らって正直に答えてしまった。

「ギルド長にご満足いただくためです」とか言ってゴマすった方が良かったか？

いや露骨すぎるか。

ギルド長は動揺する俺に質問を重ねた。

「それは手段だろう？　客に飯を食わせるのは何故《なぜ》だ？　金を稼ぐためか？　名を売るためか？

爺さんは冒険者を助けるために酒場をやっていた。最下層で散った冒険者パーティーの生き残りをギルド長にという声も多かったが、将来有望な冒険者を育てるより、日銭を稼ぐ事すら難しい連中を食わせる事を選んだのだ。まだ、ギルドの支援が不十分だった時代にどれだけの腹を空かせた冒険者が助けられたか分からん。二代目のお前はなぜ酒場をやっている？」

「いえ、あの、客に飯を食わせるためです。正確には旨《うま》い飯を食わせるためですが」

単なる酒場の店主にあまり難しい話をしないでほしい。

客に旨い飯食わせて、客が旨いと言って、俺は良かったねと思う。それじゃいかんのか？

俺は正直に全《すべ》て胸の内を話したのだが、ギルド長は顎《あご》をしゃくって先を促《うなが》した。

いやこの話に先とかないですけど。ギルド長、失礼ながら大変めんどくせぇです。

なに？　なんなの？　素面《しらふ》みたいな雰囲気だしといて実は酔ってるの？

冒険者ギルド長ともなると他所の経営理念とか気になる感じですか？

俺は自分の浅い経営理念を掘り起こし、なんとか納得してもらえそうな話を絞り出した。

「えーとですね。俺はワケあって美味《おい》しいものばかり食って育ったんですよ。それで爺さんに拾われてから、ここの人たちは不味《まず》いものを作業みたいに口に突っ込む食生活を送っていると知ってですね、なんとかしたいと思ったんです。いや王都住みの金持ちとか貴族様が良い物食べてるのは知ってますよ？　でも大多数は毎日毎日酢漬け野菜と塩漬け肉とボソボソのパンじゃないですか」

迷宮料理を開発するまでは本当に酷《ひど》かった。十日間毎食同じ料理とかザラ。

そしてそれを誰も疑問に思わない。

いつもと違う料理を食べるだけで贅沢《ぜいたく》という認識だったのには驚愕《きょうがく》の一言だ。

いや比較対象として現代日本の食事がバリエーション豊かすぎるんだろうけど、それにしたってねぇ。

「それで飯は旨いものなんだ、おいしいものを食べるのは楽しいんだって知ってもらいたくてですね。せめてウチの酒場に来た客にぐらいは旨い飯を食わせてやろうと、そう考えて酒場をやっています。あわよくば旨い飯が世界に広がらないかなーとか願ってもいますけど、それはまあ」

「食文化発展のために滅私奉公しているのか？　全て無私だとでも？」

「いいえ、流石《さすが》にそれは無いです。赤字出したら店潰れますし、かわいい娘を養っていかないといけないですしね。顔を売って仕入れルート増やす必要もありますし。ただ、必要以上に金儲《かねもう》けとか売名は考えてないです。錬金術師が時々魔力とか身体能力を向上させる料理を共同開発しようって話を持ち掛けてくるんですけど、料理に追加効果を付けるのは不純な気がして。そりゃあ美味しいご飯食べて士気が上がるとか、気力が充実するとかはありますけどね？　おいしさ以外の何かのために飯を食ったり食わせたりするって、それこそ食べる事を作業にすると思うんですよ。旨い飯は旨いってだけで良い。それだけで、それだけがいい」

それだけであれたらいい。

俺がこんな説明で許されるか顔色を窺うと、ギルド長はようやく納得してくれたようだった。

「お前の考えは理解した。時間を取らせてすまなかったな。そうか、店主が変われば店も変わる。当然の話だった。新しい世代の新しい道のりを邪魔《じゃま》はせん。もう来んよ……だがカニを仕入れた時だけは呼んでくれ」

頼んだぞ、と言ってギルド長はしっかりした足取りで帰っていった。

ドアが閉まった途端に酒場の喧騒《けんそう》が大きくなり、いつもの雰囲気に戻る。俺も肩の力を抜いた。

まあね、偉い人が同席すると気を遣って楽しく飲めないもんな。世知辛《せちがら》い。

でもそれを分かって身を引くあたり、ギルド長はできた人だ。冒険者の未来は明るい。

禅問答《ぜんもんどう》みたいなのだけは勘弁してほしかったけど。

しかしアレだな。ギルド長は蟹《かに》がめちゃくちゃ好きなんだな。

昔王都にいた事があるって話だからそこで食べたのだろうか。

蟹。蟹か。蟹は美味いよなあ。

タラバガニの蟹しゃぶとか超~美味い。

バター焼きの焦《こ》げ目《め》がついたとこなんて危ない成分入ってるんじゃないかってぐらい美味い。

あと蟹みそを鍋《なべ》に入れて海鮮風にして。残り汁を雑炊にするとたまんねぇんだよなぁ。

やべ、思い出したらよだれが。

決めた。

次の迷宮食材は蟹にしよう。迷宮に魚棲んでるんだし、蟹もいるだろ。

冒険者ギルド長ご来店の翌日、俺はいつものカウンター端定位置に座ったユグドラ&セフィを捕まえた。

迷宮の蟹について聞こうとしたが、何やらおつまみを巡って痴話喧嘩《ちわげんか》をしている。

「ごめん、僕が悪かったから。一個食べただけでそんな怒んないでよ。こっちのレーズンあげるからさ」

「怒ってないよ。でもユグは私がいつも晩御飯に石胡桃《いしくるみ》頼んで、一番楽しみにしてるって知ってるでしょ？　それなのに最後の一個を横から取るんだ？　って思っただけ」

「怒ってる……！」

ユグドラは恐れおののき震えあがった。

不機嫌にそっぽを向いてしまったセフィだが、どうせ食べ終わる頃には仲直りして、手を繋《つな》いで一緒に帰るんだ。何度も見てきたから間違いない。

いいなぁ、甘酸っぺぇ～。俺も可愛《かわい》い幼馴染《おさななじみ》と一緒にいちゃつきながら冒険したかった。

二人の冒険は中層中盤に差し掛かったらしく、装備はあまり変わっていないが鞄《かばん》やポーチが一回り大きく頑丈《がんじょう》になっている。

長く厳しい道のりを探索するためには物資が多く必要だ。簡易キャンプ用具も必要になる。

食料も軽食ではなくしっかりしたものが必須だ。

ウチの酒場のテイクアウトは遠征のお供として人気で、開店直後や帰り際に買っていく冒険者は多い。

やっぱね、旨いモン食うと元気になりますよ。

俺の料理が少しでも冒険の助けになっているなら誇らしい。

実質俺も冒険してるようなものじゃん？　それは違うか。

「分かった、石胡桃が食べたかったんじゃなくて、楽しみにしてたのに取られたのが嫌だったんだよね。ごめん気を付ける。もうしない。だから、えーと、そのスカートの刺繍《ししゅう》セフィにすごく似合ってるよ。可愛い」

「どういう話の繋げ方……？　ユグはもうちょっと話の逸《そ》らし方勉強した方がいいかな。でもありがと」

セフィは呆《あき》れながらも微笑《ほほえ》んで機嫌を直した。

ユグドラはセフィに弱いが、セフィも相当ユグドラに弱いよな。

これで付き合ってないと言うんだから恋愛模様は複雑怪奇。

俺には一生理解できそうもない。

二人の痴話喧嘩が一段落したタイミングを見計らい、火酒を紅蓮瓜ジュースで割ったカクテルを出して空気を変える。

カクテルが半分干され一息つくのを待ってから迷宮の蟹について聞くと、口元を赤く汚したユグドラは腕組みして首を傾《かし》げた。

「カニですか？　……カニ、ですよね？」

「カニだ。なんだ、何か引っかかるのか？」

「ユグ、岩鋏《いわはさみ》は絶対違うと思うよ」

「なんだそれ」

セフィの言葉を受け、ユグドラが説明してくれる。

「中層の沼にはカニのハサミを熊ぐらい大きくして、昆虫の目をくっつけたようなモンスターがいるんですよ」

「おお！」

「いえ、石でできてるので食べられないですよ」

「おお……それは石胡桃みたいな？」

「石みたいに硬いとかじゃなくて、本当に石です。ゴーレムの一種なので」

じゃあ無理かぁ。残念無念。

「いやな、今度は蟹料理を作ってみたくてな。迷宮に蟹がいればと思ってるんだが」

「迷宮で生きたカニ見た事ないですけど、中層にいると思いますよ。貝とか魚とかいますし」

「沼の浅瀬で何かの甲羅《こうら》の破片もよく見るよね」

ね、と二人は頷き合った。それなら期待できそうだ。

「じゃあ二人に依頼だ。迷宮で蟹を採ってきてくれ。報酬はこんなもんで……いや待て、言いたい事は分かる。報酬はもっと安くていいとか、料理を食べる事でいいですとか言うつもりだろ。でもな、お前らもう中層の、しかも中盤あたりまで行ってる冒険者だろ？　安く依頼受けちゃダメだ。こんぐらいの金はとれ」

「僕たちは別に誰の依頼でも安く受けてるわけじゃないんですけど……」

「ヨイシさんの依頼だからなんですよ？」

ユグドラとセフィが心外そうに反論してきたが知らねー。受け取れ。

二人が俺に恩を感じてくれているのは知っている。

でも親しき仲にも礼儀ありって言うだろ。

爺さんも生前俺が手伝うと小遣《こづか》いくれたし、俺もウカノにお駄賃あげてる。そういう事だ。

二人は最終的には俺の持論を「報酬に相応《ふさわ》しい仕事をしよう！」という形で受け入れた。

いつもより少し早く飲みの席を切り上げ、蟹探し計画を話し合いながら帰っていく二人はやる気十分だ。期待して待とう。

さて。

店を開け、怒涛《どとう》の注文に応《こた》えて鍋を振り、やたらしつこく俺の恋愛遍歴を聞きたがるアカルナニアに幼稚園の頃好きだった保育士のお姉さんの話を聞かせ、真夜中過ぎに帳簿を付けて本日も店じまいと相成る。

いつもならウカノと一緒に屋根に登り流れ星の探しっこをしてから寝るところだが、今日は迷宮食材の調理研究を始めるのでウカノは眠そうな目をこすりこすり厨房《ちゅうぼう》に居座った。

ユグドラとセフィが持ってきてくれたのは泥蟹《どろがに》と呼ばれる迷宮中層の蟹だ。

両手のひらに収まりきらないサイズの大きな蟹で、泥に溶け込む濁《にご》った灰色をしている。

四対八本の足には鋭く細かい棘《とげ》が生え、トライデントのように三つに分かれて開いた奇怪な爪《つめ》は野太くギラリと鋭利に光る。

危険そうだけど、美味そうとも思ってしまう。

こんな全身凶器みたいな生き物を喜んで食べるんだから人間って業が深いよな。

蟹もこれだけ自衛してるのに食われるんだからたまったもんじゃなかろう。ごめんな。

でもお前ら皆美味いのが悪いよ。

まな板の上の泥蟹の一匹は甲羅の真ん中に鋭い刃物で貫かれた跡があり、もう一匹は甲羅に電流が走ったような稲妻《いなずま》跡がある。誰がどっちを仕留めたのか分かりやすい。

最後の三匹目は泥を入れ蓋《ふた》をした桶《おけ》の中でぷくぷく静かに泡を吐いている。

泥蟹を納品してもらう時に二人が調べてきた情報も聞いているので、泥蟹についての基本は俺も知っている。泥蟹は不味くて食えず、別名を不死蟹というそうだ。

不死と名がついても別に不死ってわけじゃない。ただ、死んでも暴《あば》れるだけだ。

この蟹さん、普段は大人しく泥の中に潜っているのだが、泥から引きずり出されたり殺されたりすると鋭い鋏を振り回してめちゃくちゃに暴れる凶暴さをもつ。

殺されると暴れるってのは妙に聞こえるが、これは「食いしばり」「根性」「踏ん張り」などと呼ばれる死の瀬戸際でほんのひととき踏みとどまる不思議パワーを指しているらしい。

すげー。蟹のくせに。

泥蟹はこの「暴れる」というのが厄介だ。

鹿《しか》やイノシシなどのジビエは特にそうなのだが、ストレスで不味くなる食材は珍しくない。

罠《わな》や死の危険に晒《さら》された事によるストレス、緊張や疲労によって体内で生産される分泌物、興奮で全身に広がる血生臭い血液。

そういった色々が重なって不味くなるのだとか。

即死させ手際よく解体したジビエ肉と、罠にかけたまま一晩放置し疲弊させた挙句《あげく》拙い技術で解体されたジビエ肉は同じ肉でも味に雲泥の差が出る。

これと同じ事が泥蟹にも起きる。

泥蟹を捕まえたり、殺したりすると暴れる。暴れると不味くなる。

泥蟹は死ぬ時に必ず暴れるから、必ず不味くなる。活《い》け造りもできない。

結論、泥蟹は不味くて食えない。と、こういう訳だ。

しかし暴れなければおいしいというのは分かっている。

その昔、使い手への呪《のろ》いと引き換えに斬った敵を問答無用で即死させるという激ヤバ魔剣があったらしく、その魔剣使いが極度の餓えから泥蟹を仕留めて食ったら美味かった、という記録があるのだ。

泥蟹の死に際のあがきすら許さない強力な即死だったようだ。

つまり書物が残されるぐらいの伝説的魔剣使いなら泥蟹をおいしく食べられるのである。

でも俺は魔剣使いじゃないから同じ方法は無理。

剣士には剣士の、料理人には料理人のやり方がある。俺は俺の道を行くぜ。

さあ、まずは味を見てみよう。感電死した泥蟹を洗って泥を落としてから沸騰《ふっとう》した鍋に入れると、泥色だった甲羅に熱が通り綺麗《きれい》に赤く色づいた。

これよこれ。「カニ」って感じだぁ……！

でも普通にちょっと泥臭い。泥抜きしてないもんな。しゃーない。

茹《ゆ》で上がった泥蟹の脚を棘に気を付けながらハサミで割ると、表面だけ赤く中身は黄色みがかった身がズルリと出てきた。

「うーん、なんかこれ……」

目の前に蟹身をぶら下げて見るとよく分かる。これあんま良い肉質じゃないよな。

まず泥臭い。

これは分かってたから置いておくとして、白い身を常温で数日放置したような嫌な黄色っぽさが気になる。

本来は白かっただろう身が変色してしまっている。味も変わっていそうだ。

あとブニブニした身をぶら下げているだけで汁が滴り落ちて行く。

身に締まりが無いんだよな。茹でたのを差し引いても過剰に水っぽい。

なんとなく食べた時の味が想像できてしまう。ヤだなぁ。

いつまでもカニ身と睨《にら》めっこしている訳にもいかないので、思い切って食べてみる。

味は……大体予想通りだった。

鼻いっぱいに広がる泥臭さ。旨味の抜けきった水っぽいブヨブヨ肉。

化学物質じみた不愉快なエグみ。

単純に不味いのではなく、「不味くなっている」のがよく分かるタチの悪い不味さだ。

それでも食える。食えるけど、好き好んで食いたくはない。うげーっ。

「お父さん、私も」

「ちょい待て。応急処置する」

俺の試食を見てムズムズしたウカノが食べたそうに挙手したが、待てをする。

えーと、泥臭さは火酒に漬けて誤魔化《ごまか》すだろ。

ブヨブヨは弱火で水分を飛ばしてやればいくらかマシになる。

抜けてしまった旨味とエグみはリカバリーできないからひとまず放置の方向で。

「ほい。味は期待するな」

「うん。むぐもご……うーん。迷宮って感じの味する」

「どんな味？　分からんでもないが」

味を誤魔化したところで美味くはならん。やっぱ暴れて肉質が劣化してしまうのが原因だ。

そこをなんとかしてなんとかしないといけない。

幸い三匹目は生け捕《ど》りにしてくれているので、コイツで試そう。

居心地の良い泥入り桶に潜り込み大人しくしている泥蟹は、上から覗《のぞ》き込んでも特に反応せず静かなものだ。

考えたんだが、何も泥蟹を丸ごと一匹食べられなくていい。

脚を一、二本サッともぎ取れば、本体が痛みで大暴れしても脚の方はおいしく食えるんじゃなかろうか。

脚をもぎ取ろうと手を伸ばすが、泥からちょっと出ている甲羅に生えた鋭い棘に怯《ひる》んで引っ込める。

あんなので手を引《ひ》っ掻《か》かれたら大怪我《けが》してしまう。

うーん。素早く押さえて一瞬で千切《ちぎ》れば……でもめちゃくちゃに暴れるって話だし……手袋をして……手袋ぐらい簡単に引き裂かれそうなんだよな……

俺が手を伸ばしたり引っ込めたりしていると、察したウカノが横から小さなおててを伸ばした。

「私がやる。脚が欲しいんだよね？」

そう言ったウカノは脚を三本まとめて引っ掴《つか》んで無造作に引き千切った。

途端に間髪入れず発狂して暴れ出《だ》す泥蟹！　厨房に飛び散る泥！

泥蟹は残った脚でむちゃくちゃに暴れ散らかし桶から這《は》い出て食器棚の下に逃げ込むし、ウカノが千切った脚の方も体と繋がっていないのにめちゃくちゃに動いて暴れ出す。

「ぴっ⁉」

「うわあああーッ⁉」

びっくりしたウカノは脚を取り落とし猫のように流し台の上に飛び乗って避難し、俺は悲鳴を上げて後ずさった。

こいつ脚だけなのにめちゃくちゃ動きやがる！　気持ち悪ッ！

しぶといってレベルじゃねーぞ！　どうなってんだこの蟹ィ！

俺たちがビビり散らかして震えていると、しばらくカサカサ床を跳ねまわり引っ掻き回《まわ》していた脚は動かなくなり、食器棚の下の音も聞こえなくなった。

顔を見合わせ、俺は足先でつついてもう動かないのを確認してから脚を回収。

ウカノは食器棚の下から埃《ほこり》まみれで絶命した泥蟹本体を引っ張り出した。し、死んでる。

一応汚れを洗い落としてから焼いて食べてみたが、本体も脚も普通に不味かった。

どうすりゃいいんだこの食材。

いつも通りと言えばそうなのだが、泥蟹の調理は難航した。

生け捕りオンリーで依頼を出し直し、ユグドラとセフィは一日三、四匹ずつせっせと納品してくれるのだが、調理実験の結果はかんばしくない。

数ある調理実験の中で一番惜しかったのは睡眠薬だ。

錬金術師から買ったモンスターもコロリと眠る睡眠薬を泥に混ぜ、泥蟹を眠らせる。

眠った状態なら暴れまいと推測し、実際それは正しかった。

一度も暴れないまま茹で上がった泥蟹の身は締まっていて、黄色く変色していない綺麗な白い身と表面の鮮やかな赤色が目に心地良かった。

これは！　と思って喜び勇んで食べたのだが、新品のプラモデルのような絶対食べちゃダメな味がして吐いた。食べ物ですらなくなっちゃったよ。

明らかに変な味だったので睡眠薬の仕入れ先の錬金術師に相談したところ、睡眠薬の成分が泥蟹の成分と反応して食用に適さない新しい成分に変質したのだろうという話だった。

錬金術師的には興味深い現象だったようで、新しい霊薬《ポーション》が作れるかもと嬉しそうだったが、俺は全然嬉しくない。

作りたいのは蟹料理なんだよ。霊薬はお呼びじゃない。

泥蟹を暴れさせずシメるのは難しい。

霞肉で培《つちか》った活け造り技法もまるで役に立たない。

泥蟹ってどういう理屈なのか神経中枢を突いても元気にたっぷり暴れてから絶命するんだよな。

本当にどういう生き物なんだよ。

泥抜きだけは安定してできるようになったから、それが成果といえば成果か。

泥蟹は泥に潜っていると安心してリラックスするのだが、俺は泥じゃなくて砂でも同じように大人しくなるのを発見した。

砂に半日沈めておけば泥を吐いて臭みは消える。

代わりにちょっと砂でジャリジャリするが、それが問題になるのは蟹みそを食べる時ぐらいだ。

脚にまでは砂も入らないから脚を食べるぶんには問題ない。

なんか最近は泥蟹を食おうとしてるんじゃなくて飼おうとしてるような気分だ。

どうやれば泥蟹のストレスを無くせるかずーっと考えてる。

今日も仕入れた泥蟹を入れた桶を前にして悩む。

砂に潜った泥蟹は目だけぴょこりと砂の外に出し、外の様子を窺っている。

お前そうしていられるのも今のうちだからな。そのうちおいしく食ってやる。

厨房の椅子に座り込みあーでもないこーでもないと長考していると、ウカノが俺の肩を角でつついて言った。

「ねえお父さん。私も一個考えた。やってみていい？　泥蟹を料理するやり方」

「お？　やってみろやってみろ。ちなみにどんなのだ？」

「一瞬で……細切れにする……！」

ウカノは俺の包丁《ほうちょう》を構え、剣豪の目で言った。

え？　いや待て待て待て。それやるなら剣でやってくれ。それは爺さんの包丁だ。剣士が使う斬るための刃物じゃなくて食材を切るための道具だ。

激しくぶん回すようにはできてない。

「ウカノ、ちょっと待っ」

「えいやっ」

止めるのが一瞬遅れたせいで、ウカノは包丁を目で追えない速度で振るい、砂の入った桶ごと泥蟹を数千の肉片に分割してのけた。

そして間髪入れずその数千の肉片と甲羅の破片が一つ一つバラバラに厨房の床を跳ねまわり始める。

「わぁあーっ⁉」

ホラーじみた光景にウカノは飛び上がり、包丁を取り落として流し台の上に避難した。

俺も後ずさりかけたが、ウカノが手放した包丁に目が吸い寄せられる。

だってウカノが落とした包丁が、
爺さんの形見の包丁が。

まってくれ。

手を伸ばす――――しかし届かない。

俺の手をすり抜けた包丁は、
スローに見えるぐらいゆっくり床に落ちて、
硬質な音を立て刃先が欠け飛んだ。

ああ、ああ。あぁ……

毎日手入れして研ぎも欠かさず、絶対に無理な使い方をしなかったのに。

ウカノの一度の不注意で。

「…………」

俺は噴き出しそうになった激情を抑え込んだ。娘に言ってはいけない言葉を言いそうになったから。

何も言わず顔にも出さなかったはずだが、俺を見たウカノは青ざめ、頭を両手で庇《かば》い尻尾《しっぽ》を丸めて縮こまった。

今の俺はそんなに怖いのだろうか？　自分では分からない。

「…………」

俺は深呼吸して気持ちを落ち着かせてから包丁を拾い、怯《おび》えるウカノに目を合わせ、できるだけ優しく諭した。

「包丁は危ないから気を付けてな。それとこの包丁は爺さんの、つまりウカノのおじいちゃんの形見なんだ。大切にしてくれるとお父さんは嬉しい」

「ご、ごめんなさい」

「謝れて偉い。大丈夫、もう怒ってないぞ」

ウカノはびくびく俺の顔色を窺っていたが、抱きしめて背中を撫《な》でてやると力が抜け、欠けた刃の破片を拾っておずおず渡してくれた。良い子〜。

爺さんもウカノを見たら頬《ほお》を緩ませたろうさ。

「えっと、その包丁……」

「金物屋に出せば直してくれるから心配するな。そうだ、包丁の握り方覚えとくか？　さっきの持ち方は危なっかしかったからな」

「やっ、いい。私はきっとまだ相応しくないから」

「えぇ？　さっきのは気にしなくていいぞ？　いやほんとに」

包丁に相応しいも相応しくないもあるかよ。聖剣じゃないんだから。

一度の失敗でビビりすぎ。脅かした俺も悪かったけどさ。

「でも」

「俺なんて昔煮物作ろうとして爺さんの鍋に穴開けたからな。だーいじょうぶだって。誰だって失敗はある」

「そ、そう？　ならちょっとだけ……」

ウカノは恐る恐る包丁を受け取った。

俺の握り方指導に何度も頷き持ち方を直してから、動かなくなった泥蟹の破片を一度だけつつき、壊れ物を扱うようにそーっとまな板の上に置いて二階に逃げていった。

本当に気にしなくていいんだけど、流石に気まずいか。

ま、今はこれでいい。だんだん慣れていこう。

小学校の時の家庭科調理実習で教科書の端っこコンロで焦がしたの懐かし～。

あの時は火事になると思ってすんごいパニクったもんだ。

ウカノも大人になったら今日の失敗を懐かしく思い出す事だろう。

俺は厨房に散らばった泥蟹の肉片を掃除し、ウカノが好きな霞肉のワイン煮を作って二階に上がった。

これを食べて元気になってくれるといいんだが。

焦る事は無い。ゆっくりやっていこう。


爺さんの包丁はドグドグがすぐに綺麗に研ぎ直してくれ、泥蟹の調理実験は亀の歩みでのろのろ進んだ。

閃《ひらめ》きも驚きもなく、地味に地道に這うようにのたのたと。

かの発明家トーマス・エジソンは言った。「1％の閃きが無ければ99％の努力は無駄《むだ》である」と。

実際、色々な迷宮食材を閃きを元に捌《さば》いてきた俺としては大いに納得できる言葉だ。

閃きって偉大。

でも99％努力できれば、最後の1％ぐらい勢いでゴリ押せるとも思うんだよな。

というかそう思わないとやってらんねぇ。

いつもいつも閃きが降ってくるわけじゃないんだから。

どれだけ頭を振り絞っても閃きが降りてこないなら徹底して努力するしかない。

俺はアイウエオ順に知っている料理名を全て列挙して、各料理に使われている調理技法をリストアップ。

そしてリストの技法を上から順番に片っ端から試していった。

たぶん、これはマジで効率の悪い馬鹿《ばか》げたやり方だ。

本当に疲れるし、果てしなく、面倒臭い。

でも絶対に抜けや見逃しの無いやり方でもある。

これだけやって無理なら諦《あきら》めのつく、諦めの悪いやり方だ。


結局、閃きは無かった。

だが地道な努力のゴリ押しは実を結んだ。

やり方が分かればなんだそんな事かと思うような方法で良かった。

つまり文字通りの「茹でカエル」をやるのだ。

生きたカエルを突然熱湯に入れれば飛び出して逃げるが、水に入れた状態で常温からゆっくり沸騰させると危険を察知できず、そのまま茹でられて死ぬという説話がある。

これを茹でカエルという。

突然やってくる死には敏感でも、ゆっくり忍び寄る死には鈍感になりがち、という話だ。

これを泥蟹に応用する。

まず泥蟹を泥から砂に移し、泥抜きをする。

それから砂に潜ませたままゆーっくり沸騰させる。

すると泥蟹は砂の中でぬくぬくリラックスしたまま気付いた時には死んでいる。

死の危険にも死のショックにも気付かずそっと息を引き取るから、死に際の大暴れはない。

ストレスなく安らかに逝《い》った泥蟹はめちゃくちゃ美味かった。

暴れて劣化した泥蟹とは完全に別物の味だ。

蟹の重厚な旨味が脳髄を直撃し、引き締まった身は噛《か》めば噛むほど美味い。

何の調味料もつけずただ焼いただけ、ただ茹でただけで料理として完成しているほどの満足感ある味わい。

蟹だけ食って腹いっぱいにできたらもうそれが最高のフルコースだ。ギルド長がこだわるだけある。

泥蟹は最高の食材じゃない。だが俺は最高の調理を成し遂げた。


泥蟹の調理を確立させた次の日、冒険者ギルドに伝言を送ると、まだ開店前なのにギルド長がやってきた。食べた過ぎでは？

背筋をピンと伸ばしたギルド長は黒眼鏡を手の甲で押し上げ、昂揚《こうよう》を隠しきれない調子で言った。

「カニを仕入れたと聞いたが？」

「あっはい。迷宮中層の泥蟹を食べる方法を発見しまして」

「なに⁉　あの魔剣を手に入れたのか⁉」

「違います違います！　お詳しいですね。そうじゃなくて、別のやり方、茹でカエルの方法で、砂に移して潜らせてからゆっくりと……あー、まあとにかく食べていって下さいよ」

俺は裏口から入店したギルド長に蟹づくしを振る舞った。

蟹のバター焼き。蟹グラタン。酢をつけていただく剥《む》き身。蟹の紅蓮瓜《トマト》クリームパスタ。酒は蟹の甲羅酒だ。

「お前がこの店を継いでくれてつくづく良かった。やはり一つの物事に情熱を注《そそ》ぐ職人気質の者は信頼できるな」

全て余さず平らげ、満ち足りたため息を吐いたギルド長は俺にしみじみと言った。

「あの金物屋の友人というだけある。奴《やつ》も物心ついた頃から脇目《わきめ》も振らず鍛冶《かじ》一筋。情熱と研鑽《けんさん》は腕に如実に表れる」

「ん？」

ドグドグが昔から鍛冶一筋？　妙だな。

ちょっと引っかかったので聞いてみる。

「彼は昔冒険者をやっていて、ミノタウロスに潰されて身長が縮んで引退したと聞いているのですが」

「金物屋のドグドグが冒険者であった事はない……奴は自分の低身長を気にしているからな」

んだよ、嘘《うそ》の武勇伝かよ！

アイツ見栄張りやがって。信じちまったじゃねぇか。今度からからかってやろう。

ギルド長は甲羅酒の殻を手で弄《もてあそ》びながら総評を述べた。

「カニの質は王都の方が良いだろう。港町で採って泥抜きしながら生かしたまま運ばれてくる極上の蟹があるんだ。あれはとんでもなく高いが泥蟹より美味い。気を悪くするなよ？　極寒の海底で育った蟹は海の旨味がギュッと閉じ込められていてな、泥蟹も美味いが流石に相手にならん」

なんだとぉ……！

「だがお前は料理が特別上手《うま》い」

へへへっ……！

「恐縮です」

「世辞ではない。事実だ。食えない食材を美味く食えるように調理する技術で言えばお前は世界一と言っても過言ではない。俺が保証しよう」

ギルド長は太鼓判を押し、また蟹を食べに来る、と言って去っていった。

これからもお越しになるならお忍び用とか密談用の個室があった方がいいかも分からんね。

ウチは冒険者酒場だけど、一室ぐらいはそういうのがあってもいいだろう。

ギルド長は蟹が食えて嬉しい。

俺は新メニューが増えて嬉しい。

冒険者は旨い飯が食えて嬉しい。

みんな嬉しい。商売はいつもこうありたいものだ。

またのご来店をお待ちしております。

# 迷宮食材名鑑No.9

# 泥蟹

どろがに

迷宮中層の沼地に潜む蟹。全身の鋭い棘と三つに分かれた鋏が特徴。

そのままでも食べられるが、ヨイシの酒場に持って行くとおいしく加工してくれる他、買い取りもしてくれる。値段は割と良い。泥蟹を生かして持ち帰るためには入れ物が必要。

泥蟹は蟹の良いところを全て詰め込んだような旨味を持ち、脚にもハサミにもずっしりと引き締まった身が詰まっている。単体でも完成された満足感ある味だが、バター焼きやスープにすれば好みに合わせて調整できる。

ヨイシの迷宮料理は冒険中「女神の涙」以外で疲労値を回復する唯一の手段である。

冒険出発前に「カニ持った?」の確認を忘れないようにしよう。

# 十品目
# 迷宮ビール

蟹《かに》は矛盾した生き物だ。

食ってくれと言わんばかりにおいしく進化したのに、食わないでくれと言わんばかりに鋭い棘《とげ》と硬い甲羅《こうら》で邪魔《じゃま》してくる。

俺《おれ》はこのツンデレくんを調理するために金物屋に専用の鱗《うろこ》取りを発注した。

これで甲羅と脚を引《ひ》っ掻《か》いてやれば棘がポロポロ落ちて捌《さば》きやすく食べやすくなる。

自分で殻から身を引っ張り出したい客のために蟹スプーンも用意。蟹を楽しむ準備は万端だ。

「店長の料理って時々すっごくおしゃれだよねぇ。意外だぁ」

ローブと杖《つえ》を派手にデコった女冒険者が蟹身のカクテルサラダをスプーンでつつき、冒険酒を舐《な》めながらふにゃふにゃ言う。

「女性客の心と胃も掴《つか》まないとな」

「掴まれちゃう～」

女冒険者はきゃっきゃしながらカクテルサラダを幸せそうに食べた。

こんなフワフワなのにムキムキマッチョの男冒険者に強引《ごういん》に迫り口説き落として捕まえたと言うのだから人は見た目じゃ分からんな。

彼女の言う通り、ウチは飯！　酒！　とドラ声を上げる粗野な荒くれ冒険者向けのメニューだけではない。

蟹身のカクテルサラダは中でも渾身《こんしん》の一品だ。

作るのにけっこうな手間をかけるだけあり評判も良い。

作り方はこうだ。

まず茹《ゆ》でて裏ごしし口当たりを良くした紅蓮瓜《トマト》ピューレをベースに、細かく挽いた石胡桃《いしくるみ》でナッツの風味とコクを足す。

メインの具材は蟹身と骨魚《ほねざかな》で魚介風に。アクセントとして霞肉《かすみにく》ベーコンの塩気は欠かせない。

サイコロ状に切ったパンを迷宮バターで炒めたサクサクのクルトンで食感にバリエーションをつけたら遠方から取り寄せたガラスのシャンパングラスに盛り、粉チーズを雪を散らすようにまぶせば完成だ。

具材にピューレをたっぷりつけて彩《いろど》り豊かな見た目と味を楽しんでほしい。

昔料理番組か何かで見たおぼろげな完成図が頭の中にあったから作れたけど、自分だけでゼロからこれ作るのは無理だったな。

大衆酒場というより都会の雰囲気ある高級店で出るような料理だが、やっぱりこういうのがあると女性客の食いつきが違う。アカルナニアもセフィもよく頼む。

老いも若きも男も女も、ウチの店のベルを鳴らしたからには満足して帰ってくれ。

今日も酒場は大繁盛。

夜遅くに最後の客を帰してから帳簿を付け、ウカノがたらい風呂《ぶろ》に浸《つ》かりながら石鹸水《せっけんすい》のシャボン玉を作って遊んでいる間に倉庫で在庫をチェックする。

ふむ。塩と酢はたっぷりあるな。パンは明日届く分を足せば十分か。石胡桃は木箱にどっさり。

いったん石胡桃の納品受付を止めてもいいかも知れない。

骨魚よし、糞桃《くそもも》よし、水ぶどうはフリーズドライ中。

月果《げっか》から熟した甘い香り、そろそろ食べ頃か。

棚で熟成中の迷宮チーズは……うーん、熟成してもあんまり変わった感じしないな？

他のチーズと一緒に出してしまうか。

大棚に積み上げた桶《おけ》の砂に泥蟹《どろがに》は一匹もいない。もうちょい買取価格を上げて仕入れを増やそう。

新メニューは売れ行きが良い。

それから……俺は酒蔵のビール樽《だる》の前で足を止めた。

前々からそういう傾向はあったけど、ビール樽の消費が遅くなってるんだよな。

そもそも注文が減っている。

冒険酒とワインを出すようになったから、酒の注文が分割された影響も当然ある。

だが、それを差し引いても売れ行きが悪い。

原因は分かっている。酒場の料理レベルが上がったからだ。

迷宮食材で新開発した冒険酒＆ワインと違い、エールビールは昔ながらの醸造法で造られている。

ざっくり言えば、あんま旨《うま》くない。

ビールはどこの酒場でも安く飲める大衆の味方だ。コクも香りもあり、愛飲する酒飲みは多い。

ただ、飲むと口がベタつき、喉越《ご》しももったりしている。なんというかキレが無いのだ。

今までは気にならなかった。ビール飲んで肉食っていればそれで良かった。

しかし今は違う。

肉も魚もナッツも、果物《くだもの》や野菜まで味のレベルが跳ね上がった。

するとビールの力不足が浮き彫りになってくる。

料理という戦場で戦いについて来れなくなってしまったのだ。

「ヨイシの酒場の料理は旨い！　じゃあビールも旨いに違いない！」と期待して飲み「あっ、なんだこんなもんか……」とガッカリする客を何人も見た。

ドグドグも昔からビールには難癖《なんくせ》つけまくりだし。

迷宮料理を売り出すまでビールは長らくウチの一軍商品だった。

売れるポテンシャルはあるんだよ。酒蔵の中で眠ったまま出番の無いビール樽が物悲しい。

お世話になった頼れる兄貴が落ちぶれてしまったみたいな胸に来る悲しさがある。

いや！　でも兄貴。ウチは酒場っすよ。酒場っつったらビールですよ。

ビールのまずい酒場なんてホームランのない野球みたいなもんじゃないすか。

兄貴。もう一度がんばって下さいよ。俺も手伝うんで。

心の中のビールと会話した俺は次に開発する料理を決めた。

よーし。おじさん、旨いビール造っちゃうぞ～！

餅は餅屋という言葉がある。

ビール開発を始めるにあたり、俺はまず専門家の話を聞く事にした。

水ぶどうワイン醸造でお世話になっている醸造家のアルコルだ。

「ヨイシさんじゃないですか！　今日はどのようなご用件で？」

店を訪ねると、水ぶどうワインで酒蔵を三倍に拡張し一躍街の大店《おおだな》に名を連ねた飛ぶ竜落とす勢いの醸造家、アルコルは揉《も》み手《で》しながら応対に出てきた。

親から仕事を受け継ぎ無難な経営をしていたアルコルは、ワインの売り上げに目がくらみ王都に輸出して失敗している。

なんかワインってガタゴト揺らして長距離輸送すると不味《まず》くなるらしいんだよな。知らんかった。

迷宮産上質ワインの触れ込みで王都に輸出されたワインは評判が悪く賠償騒動にまでなり、一時期調子に乗っていたアルコルはすっかり性格も腹も丸くなった。

お前毎晩飲みすぎだよ。運動しろ。

「新しいビールを開発しようと思っててな。ちょっと力を借りたいんだが」

「おお、それはそれは。他でもないヨイシさんの頼みですし、もちろん私にできる事なら。力を借りたいというのは酒蔵を？」

「そうだな、最終的にはそっちで醸造してもらう事になりそうだ」

「醸造量はいかほどで……？」

「ああいや、まだそこまで考えてないんだ。今日はビールを開発しようと思い立って話を聞きに来ただけだな」

俺が用件を伝えると、立ち話もなんだしという事で応接間に通された。

そしてお茶の代わりに酒を出される。昼間から飲む酒うめぇ。

俺の話を聞いたアルコルはたぷたぷの顎《あご》を撫《な》でながら意見をくれた。

「ヨイシさんは迷宮の食材を上手《うま》く使うのがお得意ですけどね、残念ながら迷宮に麦は無いんですよ」

「そうなのか？」

「実はウチでもそちらの真似《まね》をして迷宮でビールの原料を仕入れようと動いた時期があったんですがね？　これがサッパリで。迷宮の麦でビールを仕込むのは厳しいかと。そもそも生えてないんじゃあどうしようも無いですよ」

「それなら市場に出てる麦使うしかないな」

「そうなります。工夫するとすれば麦ではなく、なんでしたか、ビールに苦《にが》みを入れる……？」

「ホップ」

「そうでした。ホップの方でしょうね。しかし私にはよく分からんのですが、ビールを苦くして旨くなるとはどうにも」

アルコルは頭をかいた。それはそう。苦くして旨くなるってワケわかんねぇよな。

俺だってビールは苦くて旨いという事前知識がなければ苦くしようなんて思いもしなかっただろう。

ビールの基本原料は水・麦・ホップと言われるが、この世界のビールはホップを使っていない。

麦を発酵させただけのシンプルなビールだ。

ホップが入っていないから麦の甘みが強く出た香りをしているし、苦みが無いし爽快感《そうかい》もない。

もったり感の由縁である。ホップなしが好きって人もいるだろうけどね。

地球ではビールにホップは常識で、市場を完全に支配していた。

ウケると思うんだよなあ。少なくとも俺は飲みたい。

俺はアルコルと話し合い、色々教えてもらい、とりあえず蔵の一画を使わせてもらう約束だけして帰宅した。


その日の夜、俺はいつものように酒場にやってきたユグドラを捕まえた。

珍しくセフィは一緒じゃない。

お姉さん夫婦が観光がてら街に来たため、今日は街の案内をしているのだそうだ。

「ユグドラ、実はお前たち二人に頼みがあるんだが」

「いいですよ」

ユグドラは紅蓮瓜《ぐれんうり》カクテルで厚切りステーキを流し込みながら安請け合いした。

まだ何も言ってないぞ。

どうするんだよこれで俺が明日までに世界滅ぼしてほしいんだよねとか言い出したら。

「いいですよ」って言ったよな？　ああん？

でもいちいち突っ込んでいるとキリが無いので話を進める。揚げ足取りよくない。

「また新しい料理を開発しようと考えててな。そのために迷宮で食材を探してほしいんだ」

既に王国名産名鑑で調べたが、ホップらしい食材は無かった。

地上に無いなら迷宮で探すしかない。迷宮は地上にない食材の宝庫だ。

トマト捜索依頼と同じようにまた冒険者ギルドに依頼を貼《は》り出すのも考えた。

しかしそれでてんやわんやになったのは記憶に新しい。

納品された物ほとんど全《すべ》てに金を出したから出費が痛かったし、結局ギルドへの依頼とあんま関係無いルートで紅蓮瓜の商品化に成功した。

ホップ捜索依頼を出してもどうせ似ても似つかないパチモノばかりが納品され、財布《さいふ》が軽くなるだけに違いない。

やっぱり信用できる冒険者に時間がかかってもいいからじっくり探してもらうのが良い。

「何を探せばいいですか？　肉とか？　魚ですか？」

「植物だ。ホップみたいな……まて、絵を描くから。えー、これで、こういう、わさっとした形で、大きさはこんなもん。味は苦い」

羽根ペンで絵を描いて渡すとユグドラは一瞥《いちべつ》して頷《うなず》いた。

「分かりました。探しますね。セフィにも伝えておきます」

「よし決まりだ。報酬は半額前払いで今日の帰り際に渡すよ。冒険の足しにしてくれ」

「ありがたくいただきます」

「いつも小間使い頼んで悪いな。迷宮攻略に集中したいだろうに」

「ああいや、気にしないでください。僕こういうの好きですよ？　小さい頃宝探しばっかりやってましたし」

「そうなのか？　いいねぇ。楽しそうだ」

俺も小学校の低学年の頃に水泳の授業でやった、あの、あれ、先生がプールに沈めたあれやこれやを潜って拾ってくる遊び。あれ好きだったよ。

俺はウカノが紙飛行機にして飛ばして寄こした長い注文票をキャッチして開いて中を読み、魚と肉に果物ソースをかけて網に置いてマルゲリータピザを窯に入れながら詳しく話を聞く。

最近は相当忙しくても手癖《てくせ》で料理しながら雑談できるようになった。

酒場の主人として一つ高みへ上った気分だ。

「小さい頃の宝探しっていうと、綺麗《きれい》な石とか？」

「そうですね。そういうのです。あと木彫り人形とか、壊れた鍬《くわ》の刃の切れ端とか、魔力切れの魔石とか、どんぐりがいっぱい詰まった小壺《こつぼ》とか、油紙に包んだ押し花とか。棒に巻き付けた裁縫糸なんていうのもありましたね」

ユグドラは懐かしそうに指折り数える。子供の宝物って感じだ。

大人になるとなんて事ないガラクタなんだけど、そういう物に限って子供の頃はすごく大切な宝物に思えるんだよな。

「楽しかったなあ。あの頃の宝の地図は今でも持ってますよ」

「え、宝の地図なんてあったのか？　田舎《いなか》の……地方の村の出だろ」

街の雑貨屋や古物商には詐欺同然の怪しげな宝の地図がいくらでも転がっている。

でも田舎の村にある宝の地図って、それは逆に本物なんじゃないか？

ユグドラは口を冒険酒で湿らせ機嫌良さそうに続けた。

「それがですね、僕たちの村にはあったんですよ。宝の地図が。僕が宝探ししてるって知ったセフィが地図を見つけてきてくれてですね。村の古い宝物伝説の噂《うわさ》を調べてきてくれたり、夢のお告げを教えてくれたり。僕たちは一緒に宝探しして、軒下に隠した宝箱の中身を埋めていきました」

ちょっとした冒険みたいでした、とユグドラは言う。

いいなあ、楽しそう。根っからの冒険者ってわけね。

破竹の勢いで迷宮攻略に邁進《まいしん》している二人の躍進《やくしん》の背景には、きっと幼少期の経験もあるのだろう。

「まあでも、この話にはオチがあるんですけどね」

「オチか。宝箱を無くしたとか？」

「いいえ。ある寒い冬の日にですね、セフィが村長の家の木の根元を掘ってガラス玉を埋めてるのを見てしまったんですよ。つまりそういう話です。セフィは焦《あせ》って謝ってましたけど、僕は本物の宝物を見つけたと思いましたね」

ユグドラの言葉の意味を理解するには少しの間が必要だった。

こいつ今すごく恥ずかしい台詞《せりふ》を恥ずかし気もなくサラッと吐いたぞ？

やっぱりセフィのこと大好きなんじゃねーかよ！

なんか俺が恥ずかしいんだけど。うぐぐ、致死量の青春を摂取してしまった。

ちょっと顔を合わせられなくなってしまったので、俺は料理に集中するフリをして会話を中断した。

今度青春の思い出をイメージしたカクテルでも作ろうかな。

一人飯をたらふく食ったユグドラはセフィへのお土産《みやげ》に完熟月果を一個買って帰っていった。

ほろ酔いでも足取りはしっかりしていて、ガラの悪い冒険者がふざけて足を突き出してきても軽く避《よ》けていた。無意識っぽい。

あのヨチヨチ歩きのひよこだった冒険者が立派になってまあ。おじさん感慨深くなっちゃうよ。

飯は俺がいくらでも作るからこのままどこまでも突き進んでほしい。あと幸せになれ。


さて。


店を開け、肉を焼き、透明化魔法で食い逃げしようとした不届き者をウカノがひっ捕《と》らえ、「演劇のチケット二枚もらっちゃって困ってるんだけど」と相談してきたアカルナニアに金券の買い取りをやっている雑貨屋を紹介してやり、真夜中過ぎに帳簿を付けて本日も店じまいと相成る。

いつもならウカノに算数を教えてから寝るところだが、今日は迷宮食材の調理研究を始めるのでウカノは眠そうな目をこすりこすり厨房《ちゅうぼう》に居座った。

ユグドラ&セフィへの依頼から三日。

二人は今の実力で対処できる迷宮中層までを丹念に探し、他の冒険者への聞き取り調査までして「これは」と思う物を二種類納品してくれた。

ひとつは焦げ茶《ちゃ》色の木の実だ。

実全体が鱗に覆《おお》われているようで、ピンポン玉ぐらいの大きさをしている。

小籠《こかご》に盛った木の実を指で弾《はじ》くと乾いた音がした。

木の実に添えられたメモには「形がそっくりです」と書いてあった。

確かに～！　でもこれ松ぼっくりだ。ホップではないですね。まあこれは俺が悪かった。

羽根ペンの白黒の絵ではホップと松ぼっくりの区別はつかない（ホップは緑色のはずだ）。

どっちも鱗に覆われたような見た目した実だし。

一応、松ぼっくりを齧《かじ》ってみる。

木のような食感で味はしなかった。うん、こんなもんだよな。

食用ではない雑草《ざっそう》とか木の実を試食した経験がけっこうあるから分かるのだが、世の中の植物って割と無味無臭だ。

苦いとか不味いとかもあるが、味も臭いもない草や実は案外多い。

無を食ってるみたいな。食用にならないのも納得だ。

松ぼっくりはホップの代用品にならないので二つ目を試す。

二つ目は紐《ひも》で一束《たば》に縛られた斑《まだら》模様の樹皮だった。

これは知っている。白濁樹液《はくだくじゅえき》が採れる木のやつだ。

これのどこがホップ？　と思って添えられたメモを読むと「味は苦かったです」と書いてあった。

なるほどね。

確かに「苦いやつを頼む」みたいな事言ったわ。よく覚えてたな。

しかしこんな木の皮を齧ってまで依頼を達成しようと頑張《がんば》ってくれたのか。

報酬には色をつけてあげよう。

斑色の樹皮の端を噛《か》み千切《ちぎ》って食べてみる。

「にっが!」

顔をしかめる。樹皮は木そのものの硬い食感で、生木の臭いが鼻をついた。

メモの通り舌に食い込むような苦さがある。

二口食べてギブアップし、月果を齧って口直しするがしつこく口に残っている気がする。

いやー苦いっす。この苦みをビールに加えるとおいしく……なるかなあ?

首をひねる。でもやってみるだけやってみるか。

俺は樹皮を鍋《なべ》で煮出して薄茶色の汁を抽出。

一口舐めて苦み成分が溶けだしているのを確認してから、ジョッキに注《そそ》いだビールに混ぜる。

するとここまで黙って大人しくしていたウカノが驚いた声を上げた。

「え? 今苦い汁入れた?」

「ああ、入れた」

「苦くしたの? どうして?」

「おいしくなるかも知れないからな」

「苦いのおいしくないよ?」

「大人はこういうのが良いんだ」

「……？？？？？」

ウカノは混乱してしまった。

子供には分からないか。大人でも分からない人がいるぐらいだ。無理もあるまい。

大人になると苦さをおいしく感じるようになるって味覚のバグだよな。

樹皮汁入りのビールを飲んでみたが、普通に不味かった。

後付けで苦くしたような異物感がある。木片が混ざり込んだような味もするし。

その通りだから仕方ないとはいえ、この汁を混ぜて醸造したビールが旨くなるビジョンが見えない。

ビールにホップって奇跡の相性なんだな。単純に苦くすればいいってもんじゃない。

二人は下層冒険者にも話を聞いて、下層にホップみたいな植物が無いのを確認しているという話だった。迷宮にホップはない。

じゃあ無理か。そもそもホップが無いならどうしようもない。

この世界で麦とホップの旨いビールは造れない。

……本当に無理かなあ？

腕組みして知恵を振り絞る。何か抜け道は無いものか。

ビールとは。ビールをおいしくするには。むーん。

記憶を隅から隅までさらってひっくり返しアイデアを探す。

アルコルが話していたが、ビールはそもそも余った麦を有効活用するために広まったそうだ。

麦の保存期間は湿度や保存方法にもよるが五カ月ほど。

これに対し麦を加工して作るビールは七カ月もつ。

豊作の年に食べきれないほど収穫した麦を腐《くさ》らせず消費するためビールに加工するわけだ。

つまりビールは元々保存食。

アルコルの話は俺のうろ覚え知識とも合致する。

ホップには殺菌作用があり、ホップを混ぜたビールは劇的に保存期間が延びるらしい。

きっとホップは元々味を良くするためではなく保存期間を延ばすために入れられていたのだ。

視点を変え、ビールの保存性を高める方向で攻めてみる。

塩漬け、酢漬けは食べ物を保存するための基本的な調味料だ。

案外旨くなるかも！　とビールに塩や酢を混ぜて飲んでみるが、不味かった。

塩ビールはただの塩味ビールだし、酢ビールに至ってはわざと不味くしようとしてもこうはならないというぐらい不味い。

塩や酢を混ぜただけでおいしくなるならみんな思いついてやってるよな。そりゃ失敗するわ。

でも自分で試して初めて分かる事ってあるから。

俺の試行錯誤の横でウカノはビールに月果果汁を搾り入れて飲み、顔をしかめて舌をべぇっと出した。

「しゅわしゅわヤだ」

ウカノはジョッキの残りを俺に押し付け二階に上がっていった。炭酸苦手《にがて》か。

まだウカノには早かったかな。大人になったら一緒に飲もう。


ひとまず行き詰まったのでその日は寝て頭を休め、翌日。

俺は閃《ひらめ》きを試すために石胡桃を割っていた。

ユグドラとセフィは苦い斑木の樹皮を納品してくれたが、同じく苦い石胡桃は納品しなかった。

石胡桃はウチに大量にあるからわざわざ納品しなかったのだろうが、それがちょっと気になって今回の発想に繋《つな》がった。

石胡桃は水に浮かべて注射針を刺し、苦み袋から苦み汁を抜いてから割って食べるナッツだ。

ウチの酒場の記念すべき迷宮料理一品目であり、ユグドラとセフィとの出会いの切っ掛けでもある。

思ったんだが、生き物ってのは強《したた》かだ。姿形や特徴には必ず理由がある。

例えば牙《きば》は獲物を噛みつき仕留め、肉を裂いて食うためにある。

毛皮は体温調節やカムフラージュのためにある。

葉っぱは光合成のためだし、花の蜜と芳香は虫を惹《ひ》きつけ受粉を助けさせるため。

では石胡桃の苦み袋はなんのためにあるのだろう？　意味もなくこんな物があるはずがない。

いやファンタジーな食材だし意味なんて無いかも知れないけど、きっと意味はある。

最初は動物に食べられないためだと考えた。

クルミは種が食用になる。

石胡桃はおいしいから、そのままでは動物に貪《むさぼ》り食われ種を噛み砕《くだ》かれ消化されてしまい芽吹かない。

だから苦み袋をくっつけて不味くして、食べる気を無くさせているのだと思った。

しかし石胡桃には石のように堅い殻がある。堅い殻は人間では文字通り歯が立たないぐらい堅い。

殻だけで十分捕食を防げている。わざわざ苦み袋なんて作って実を不味くする必要はないはずだ。

そこで俺は考えた。防腐・殺菌のためじゃないかと。

木の実というものはけっこうすぐ腐る。

大学の時にドングリパンを作ろうと公園のドングリを拾い集め、アク抜きのために一週間水に漬けた事がある。

すると滑《なめ》らかな乳白色をしていたドングリの実はものの見事に全てドス黒く変色してしまった。

カビか菌か何かが大繁殖したのだ。そうなれば食べられないし、芽も出なくなる。

石胡桃が採れる迷宮上層は水場が豊富にあり、暖かく湿気《しっけ》が多い。

実はカビやすく腐りやすいはずだ。

腐ったら困るから、防腐のための仕組みを持っている。これは合理的なのではなかろうか。

ビールのホップは元々防腐のために入れられていた苦い実だ。

その元々の意義を考えれば、防腐効果があると思《おぼ》しき石胡桃の苦み汁をビールに入れるのは理に適《かな》っている。

とはいえ石胡桃の苦み汁の苦さは相当なものだ。

原液をビールにいれたらたぶん味覚が破壊される。

ゆえに俺は石胡桃から吸い出した苦み汁を水で三倍ほどに薄め、ビールジョッキに一滴だけ垂らした。

そしてマドラーでビールをムラなく混ぜてから一口。

「お……⁉　おお、これは、いや、んん？」

ビールは苦くなっていた。だがまだちょっと苦すぎる。

しかし重要なのはそこではなく、なんだか香りと喉《のど》越しにまで変化があった気がする。

これはもしかするともしかしたのではないか。

今度は別のジョッキに五倍に薄めた苦み汁を一滴垂らし、よく混ぜて飲む。

一口飲んで驚愕《きょうがく》し、二口飲んで俺は叫《さけ》んだ。

「ビールの味がする！」

苦み汁を入れたビールは、俺がよく知るビールの味になっていた。

今までの甘さとコクばかりでもったりベタつくビールではない。

これは鼻を抜けるような香りと爽快な喉越しが加わった馴染《なじ》みのあるビールだ。

苦みすらも薄めたおかげか舌をさっと軽く撫でて後を濁《にご》さず消えていく。

マジで？　こんな上手く行く事ある？　いい感じに苦みを足してオマケに防腐効果があればいいなと思ってたのに喉越しと香りまでついてきおったわ。

もちろん完璧《かんぺき》な出来ではない。流石《さすが》にね。

ビールの味と苦み汁の味が分離してバラバラに感じられる。

ソムリエなら「味にまとまりがない」とでも評するのだろう。

だがこれなら。

醸造段階からしっかりバランスよく仕込んで馴染ませれば、苦さと甘さ爽快さ、キレとコクの全てが調和した一流のビールになってくれる。


俺は苦み汁の希釈液を持って醸造家の酒蔵に向かった。

酒蔵で麦の袋を搬入していたアルコルは俺の顔を見るやペコペコ頭を下げてくる。

「やや！　すみませんヨイシさん、まだ醸造の準備はできていないんですよ。明後日、いや明日には準備を終えますのでそれまでは」

俺は話を聞き流しながら、手近な樽からジョッキにビールを注ぎ、苦み汁を加えて混ぜた。

「アルコル、これを飲んでみろ」

「はい？」

「いいから飲め。話はそれからだ」

「は、はぁ……」

アルコルは困惑しながら恐る恐る俺が渡したジョッキに口をつけた。

一口飲んだアルコルは目を瞬《しばたた》いた。

しげしげとジョッキを見て、俺を見て、今度はよく味わいながら二口目を飲む。

それから口元を触って唸《うな》った。

「これは口当たりが……？　香りも違う、味が爽《さわ》やかだ。それでいて元の甘さとコクもある。ヨイシさん、一体何を混ぜ込んだんです？」

「石胡桃の苦み汁」

「石胡桃の⁉　いや、しかしあれは苦くて食べられたものでは、いやいや、だからこその苦みが？」

三口目を啜《すす》ったアルコルはでっぷりたるんだ顎を撫でながら感嘆した。

「なるほど確かに。苦みが全体の味を引き立てているのですな。ヨイシさんがおっしゃっていた苦みの意味が私にも分かりましたよ。コイツは素晴《すば》らしい！　革新的だ、売れますよ！　ただ一つだけ、味が尖《とが》っていてまとまりが無いのは気になりますが……」

「それは出来合いビールに苦み汁混ぜただけだからだろ。仕込み段階から完成形見据えて調整すればちゃんとしたのになる。よな？　だよな？」

不安に駆られて確認する。醸造は専門外だ。アルコルが無理と言ったら無理なのだろう。

この不完全な改良ビールで我慢《がまん》するしかない。

俺が縋《すが》るように聞くと、アルコルは張り出した腹を叩《たた》いて力強く頷いた。

「お任せ下さい。やってみせましょう。必ず最高のビールに仕上げますよ」

「ああ、頼む。ビール一杯に五倍希釈の汁を一滴で丁度いいと思うが、そっちで色々試してみてくれ。苦み汁はどうする？　ウチのやつを運ばせようか？」

「お願いします。いやはや、これはまた忙しくなる。ワインの時を思い出しますねぇ！」

アルコルは腕まくりをして早速仕事に取り掛かり始める。

俺は邪魔しないようにとっとと退散した。

ヤツの腕前は水ぶどうワインで分かっている。あとは待つだけだ。

一つだけでは最高の食材じゃない。

だが俺はそんな二つを合体させ、最高の調理を成し遂げたのだと信じたい。


二十日後、アルコルは試作の中で一番出来の良かったビールを樽で届けてくれた。

食べ物が届けられたと分かったウカノは尻尾《しっぽ》をぴょこぴょこ動かし樽を倉庫まで運んでくれたが、匂《にお》いで中身がビールだと気付くと尻尾を垂れ下げた。

「ビール嫌い……」

「だよな、これ苦いし。ビール煮はどうだ？」

「ビール煮って何？」

「ワイン煮をビールでやったやつ」

「食べる」

ワイン煮と聞いてウカノは食い気味に食いついた。

よしよし。せっかくの迷宮料理新作だ。二人で楽しもうな。

ビールは何よりも冷やすのが大切だ。

樽の上と下に水魔石を貼り付け励起させて冷えるのを待つ間、ビール煮の調理に取り掛かる。

ビールを小鍋に注いで厨房に持って行き、それをいったん横に置いて霞肉の赤身をフライパンに投入。軽く焼き目をつけていく。

煮込む前に焼き目をつけると香ばしさが出て中の肉汁が溢《あふ》れにくくなる。

ちょっとした工夫だが大切だ。

肉に綺麗に焼き目がついたらビールの鍋に移し入れて煮込む。

ビール煮はアルコールと炭酸が肉を軟《やわ》らかくしてくれるから、硬めの肉でもおいしく食える。

ビール煮の理論は知っていたが作るのは初めてだ。

しかし蒸発するアルコールで目がシパシパする以外は普通の煮込み料理と何も変わらない。

ビールが煮詰まってくるまでじっくり煮たら、仕上げにざく切り紅蓮瓜を数切れを追加して熱を通し完成だ。

深皿に熱々のビール煮を盛りつけ、冷えたビールと一緒に家族の食卓に運ぶと、足をぱたぱたさせて待っていたウカノは目を輝かせた。

「いい匂いする」

「だろ?　よっしゃ食べるか!」

二人で手を合わせ、いただきますをして箸《はし》をつける。

ビール煮はアルコールも炭酸も飛んでいるが、ほのかに残ったビールの香りと苦みが旨味たっぷりの軟らか赤身肉に染み込んで、重厚感ある肉の味わいを引き立てている。これは名脇役《わきやく》。

ウカノを見れば夢中で肉と付け合わせの紅蓮瓜を交互にかき込んでいる。

口いっぱいに詰め込んでリスみたいだ。気に入ってくれてよかった。

俺も思う存分肉を食らい、キンキンに冷えたビールを飲む。

ぐぅ、美味《うま》い……！　一日の疲れが泡と炭酸と一緒に溶けだしていくようだ。

肉とビールって最高だな。毎食これだけでいいぐらいだ。

爺《じい》さんは生前、毎日晩酌《ばんしゃく》に肉とビールを楽しんでいた。

当時はそれが一番贅沢《ぜいたく》でおいしい料理だったというのもあるだろう。

しかし単純に肉とビールが好きだったのだと俺は睨《にら》んでいる。

爺さんは毎日晩飯の時だけ黙ってガツガツ食っていた。

毎晩同じ料理なのに、毎晩変わらない食いっぷりだった。ビールを見るとそれを思い出す。

爺さん、俺はしっかりやってるよ。

このビールを飲んだらなんて言ったかな。「うめぇ」と言ってくれただろうか。

ちょっとしんみりしながら完食した皿を片付け、店を開ける。

最近では開店前に必ず一人か二人は店前で待っている。

それだけウチの酒場が、料理が人気になったという事だ。誇らしい。

店を開けると冒険者が続々やってきて、すぐに席が埋まる。

笑い声も怒声もやまない。

テーブルで賭《か》け札やって今日の儲《もう》けを巻き上げている博徒も、腕相撲で巨漢をなぎ倒し酒を奢《おご》らせている小柄な女冒険者も、みんな旨そうに飯を食っている。

俺は客が満腹にならないうちに声を張り上げた。

「今日は新しい酒がある！」

冒険者たちの馬鹿騒《ばかさわ》ぎの音量が半分になり、注目が集まったのを確かめてから続ける。

「ぜひ飲んでみてくれ！　最初の一杯は半額だ！　冒険者に乾杯！」

言い終わるや否や歓声と口笛が爆発《ばくはつ》し、注文が殺到した。

今日もヨイシの冒険者酒場は大繁盛だ。

迷宮食材名鑑No.10

# 迷宮ビール

迷宮食材を加えて醸造された地ビール。程よい苦みと爽やかな喉越しが特徴。

ヨイシの酒場の迷宮料理が九品になると十品目として自動的に追加される。

通常のビールより割高だが、保存期間は三倍に伸びている。ただし開封後は早めにお召し上がりください。

迷宮ビールは従来のエールビールに苦みが加わり過剰な甘さが抑制された。目の覚めるような鋭いキレはコクをも引き立てる。爽快な喉越しで浴びるように飲め、肉料理と特に相性が良い。

ヨイシの迷宮料理は冒険中「女神の涙」以外で疲労値を回復する唯一の手段である。

冒険出発前に「ビール持った？」の確認を忘れないようにしよう。

冒険者酒場の料理人

## あとがき

私が物書きの道を志したきっかけはある名著だった。

人類史上第二位の売り上げを誇り、ゲームに映画に舞台にと全世界規模のメディアミックスを展開し、あまりに常軌を逸した人気ゆえ最新刊発売日には臨時休校措置をとった学校すらあったという、知らない者の無いイギリスが誇る名作。

そう。皆さんもうお分かりだろう。

「ハラー・ヘッター」シリーズだ。巷ではハラヘタなどと略される。

当時学生だった私は、道端で会った怪しいおじさんにシリーズ第一巻「ハラー・ヘッターと賢者の飯」を押し付けられた。全く気が進まなかったが、あまりにもしつこく勧められたので渋々《しぶしぶ》読み始め、物の見事にドハマりした。

漬物石サイズの分厚い本だが、時間を忘れ気が付いたら読み終わっているぐらい面白い。

あらすじはこうだ。両親のいない心優しい少年ハラー・ヘッターは親戚の家で虐待されて育てられていたが、隠された料理の才能があると発覚。ポークナッツ料理学校に通い始める。

ナン、ハーブニオイーという得難い学友を得たハラーは、学校に保管された「賢者の飯」の調査を通し、やがて自分の両親を殺した宿敵ボトルモルトと対峙する事になる……

言ってしまえば単なる料理学園モノなのだが、クオリティがめちゃくちゃ高い。超高品質の王道ストレートパンチは世界を薙ぎ倒した。熱狂的ファンが多く、世の物書きに大きな影響を与えた。私もハラー・ヘッターシリーズから物書きの技法を多く学ばせてもらった一人だ。

ポルターガイストのピーナッツからは引っ掻き回し役の重要性を。

マクドナルド教授からは委員長キャラの大人の姿を。

他にもディティールの書き込み方と利用の仕方、伏線の張り方、旨い飯の描写の仕方などなど。

もちろんこの小説にもハラー・ヘッターから学んだノウハウが生かされている。

しかし私はこのあとがきを書くために本棚から「ハラー・ヘッターと賢者の飯」を引っ張り出そうとして気付いてしまった。

これ、ぜんぶ幻覚だ。

ハラー・ヘッターなんてお腹減るタイトルの小説が実在するわけないだろ！

さて、正気に戻ったところで真面目な話をさせて貰いましょう。

実のところ、本作の元ネタは２０２２年に封切りされた映画です。元ネタに敬意を払って読者の皆様にご紹介したい。タイトルを「ファンタスティック・ローストとワッフルドアの蜂蜜《はちみつ》」といいまして、ハラー・ヘッターシリーズのスピンオフとして……ちょっと待って？　これも幻覚な気がしてきた。

何がホントで何が嘘《うそ》なのかもう分かんないや。

でも「冒険者酒場の料理人」が面白いって事だけは分かります。それだけ分かれば何も問題は無い。

令和六年　一月某日　黒留ハガネ

冒険者酒場の料理人

GAノベル

冒険者酒場の料理人

2024年2月29日　初版第一刷発行

著者　黒留ハガネ

発行者　小川 淳

発行所　SBクリエイティブ株式会社
〒105-0001　東京都港区虎ノ門2-2-1

装丁　AFTERGLOW

印刷・製本　中央精版印刷株式会社





ISBN978-4-8156-2326-5
Printed in Japan



ファンレター、作品のご感想をお待ちしております。

〒105-0001　東京都港区虎ノ門2-2-1
SBクリエイティブ株式会社
GA文庫編集部 気付

「黒留ハガネ先生」係
「転先生」係


本書に関するご意見・ご感想は
下のQRコードよりお寄せください。
※アクセスの際に発生する通信費等はご負担ください。

https://ga.sbcr.jp/

**ホームセンターごと呼び出された**
**私の大迷宮リノベーション！**

著：星崎崑　画：志田

GAノベル

　ある日のこと、ホームセンターへ訪れていた女子高生のマホは、突然店舗ごと異世界へ召喚されてしまう。目を覚ますとそこは、世界最大級の未踏破ダンジョン『メルクォディア大迷宮』の最深部だった！　地上へ脱出しようにも、すぐ上の階にいるのはダンジョン最強モンスター「レッドドラゴン」で、そいつ倒さなきゃ話にならない状況。唯一の連れ合いは、藁にもすがる思いでマホを呼び出した迷宮探索者のフィオナのみ。マホとフィオナのホームセンター頼りのダンジョン攻略（ただし最下層スタート）が始まる。

　これは、廃迷宮とまで言われたメルクォディアを世界最大の迷宮街へと成長させた魔導主マホ・サエキと、迷宮伯フィオナ・ルクス・ダーマの物語である。

# カノジョの姉は……変わってしまった初恋の人2

著：機村械人　画：ハム

GA文庫

「今の私に、鷗《かもめ》に好きになってもらえる資格は、ある？」

　募る想いがついに溢れだし、鷗に迫る梅雨《つゆ》。そんな梅雨への恋心を自覚しつつも、鷗はギリギリのところで踏みとどまっていた。

　もう、向日葵《ひまわり》を裏切れない。だから、梅雨の想いに応えてはいけない。しかし、すでに時遅く、2人はその現場を向日葵に目撃されてしまう。

　かつての憧れの人と、いま大切にしなければいけないカノジョ。2人の間で揺れ動く鷗は、傷ついた向日葵に、梅雨とはもう会わないと告げるのだが――。

　わかっていても、離れられない。純粋で真っ直ぐな略奪愛の物語、誘惑と堕落の第2巻。

第17回 GA文庫大賞
GA文庫では10代~20代のライトノベル読者に向けた
魅力溢れるエンターテインメント作品を募集します！
書く、その先へ。
イラスト／はねこと
大賞賞金300万円+コミカライズ確約！
◆募集内容◆
広義のエンターテインメント小説（ファンタジー、ラブコメ、学園など）で、日本語で書かれた未発表のオリジナル作品を募集します。希望者全員に評価シートを送付します。
※入賞作は当社にて刊行いたします。詳しくは募集要項をご確認下さい。
全入賞作品を刊行までサポート!!
応募の詳細はGA文庫公式ホームページにて
https://ga.sbcr.jp/